POCHE

ESCAPE GAME

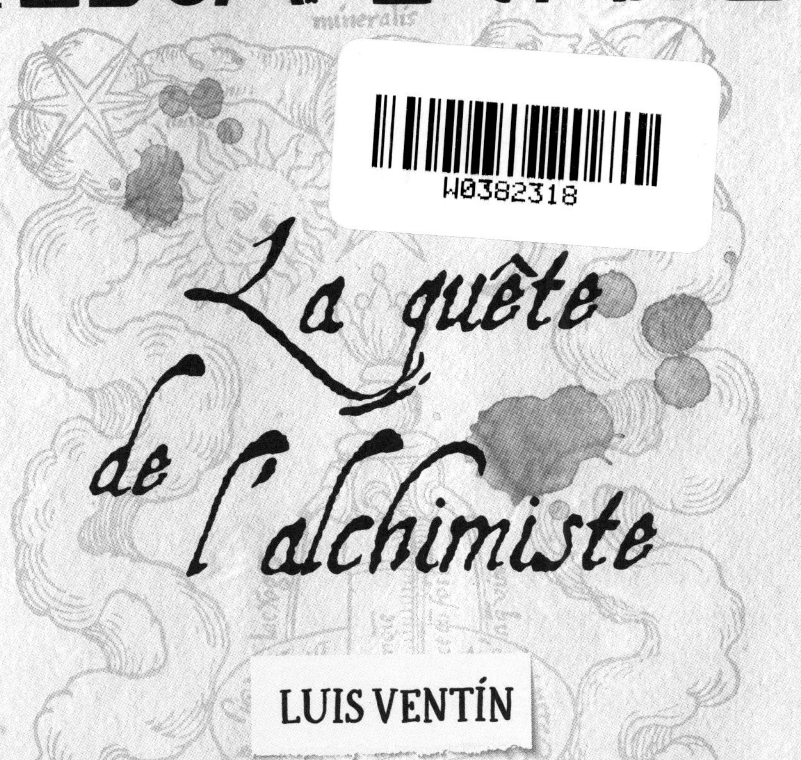

La quête de l'alchimiste

LUIS VENTÍN

LAROUSSE

Direction de la publication : Carine Girac-Marinier

Édition : Antoine Caron

Direction artistique : Uli Meindl

Conception artistique : Sophie Rivoire

Mise en pages : SKGD-Création

Fabrication : Marlène Delbeken

ISBN : 978-2-03-598106-6

Principe & règles du jeu

Les ESCAPE GAMES de poche

Les scénarios des ESCAPE GAMES de poche vous permettent de vivre des aventures à la croisée des Escape Games classiques et des Livres dont vous êtes le héros®.

Vous devez explorer votre environnement, résoudre des énigmes ou utiliser des objets à votre disposition pour vous échapper en un temps limité. Observation, réflexion et imagination vous guideront vers le dénouement.

Les salles, les objets, les actions

Vous allez parcourir plusieurs salles. Ces salles contiennent des objets numérotés avec un nombre à deux chiffres. Prenez des notes sur une feuille en inventoriant tous les objets que vous découvrirez. Lorsque vous entrez dans une nouvelle salle, un inventaire à jour vous est proposé, ainsi que des indications sur les tâches à accomplir.

Par exemple, une **porte** pourra avoir le numéro 50. Et une **clé posée au sol** le numéro 32. Vous pourrez, grâce à ces codes-objets interagir sur eux facilement.

• Pour **EXAMINER** un objet, il suffit d'aller au paragraphe portant son numéro dans la partie **Révélations** de l'ouvrage. Par exemple, en allant au paragraphe 50 vous obtiendrez :

> **50**
>
> La porte en bois est fermée à clé. Malheureusement la clé n'est pas sur la serrure.

• Si vous voulez effectuer une **ACTION** sur un **objet**, par exemple pour essayer d'ouvrir la porte, **il faut ajouter un** 1 **devant le code de l'objet** et aller à ce nouveau paragraphe des Révélations. Ainsi, le paragraphe 150 vous informe :

> **150**
>
> Vous tournez la poignée, mais vous ne parvenez pas à ouvrir la porte. Il vous faut une clé.

• Vous pouvez également **utiliser 2 objets ensemble**, par exemple la clé avec la porte, il suffit de **joindre les deux codes, en commençant par le plus petit nombre** : dans cet exemple (clé 32 + porte 50) cela donnera 3250. Le paragraphe correspondant dans les Révélations vous expliquera alors :

> **3250**
>
> Vous enfoncez la clé dans la serrure. Miracle ! C'est la bonne clé ! Vous tournez la poignée : la porte s'ouvre, vous être libre.

• Et si vous êtes coincé vous pouvez demander des **indices** sur chaque objet rencontré (et chaque énigme) en plaçant un 9 devant le code de l'objet (ou du paragraphe de l'énigme). Ainsi, 950 vous donnera un indice sur la porte, et 932 sur la clé.

Vous découvrirez également des livres et des ingrédients alchimiques. Les livres ont seulement besoin d'être lus, et les ingrédients doivent s'utiliser au sein de recettes que vous trouverez au cours de votre aventure : il ne faut donc **pas essayer d'associer un ingrédient et un objet**, mais uniquement un objet avec un autre objet.

Au cours de votre aventure, vous débloquerez peut-être des **succès**. Ces succès sont là pour récompenser votre perspicacité, votre curiosité ou encore votre capacité à explorer des chemins originaux. Notez-les soigneusement sur une feuille car, à la fin de votre aventure, vous pourrez déduire de votre temps de jeu **1 minute par succès débloqué**.

Munissez-vous d'une feuille et d'un crayon, préparez votre chrono…

À vous de jouer !

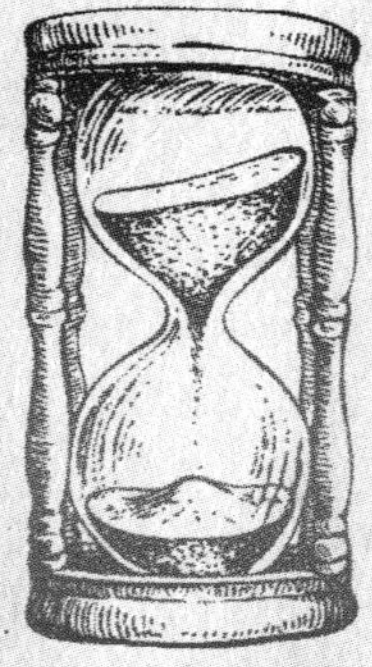

Introduction

Devant la maison de Nicolas Flamel

Votre petit groupe d'étudiants s'était agglutiné devant le 51 rue de Montmorency, une des plus vieilles maisons de Paris, construite par le plus grand alchimiste de son temps : Nicolas Flamel.

« Vous vous souvenez tous de la légende qui fit de Flamel un alchimiste : un soir d'insomnie, un ange lui apparut tenant un grand livre en cuivre aux reflets de braise et aux étranges inscriptions… alors que Flamel tendait les mains pour se saisir de l'ouvrage, l'ange et le livre disparurent ! Ce n'est que plusieurs années plus tard qu'un mystérieux homme se présenta à lui avec… ce même livre sous le bras ! Flamel passa ensuite 21 années de sa vie, une année par page, à étudier les symboles cachés dans les gravures. De là, il découvrit le secret pour transmuter n'importe quel vil métal en or, la fameuse pierre philosophale. La légende alchimique était en marche. »

Vous respirez un grand coup. Quel métier difficile que celui de guide-conférencier…

« Malheureusement, au risque de vous décevoir, les historiens s'accordent à dire que cette légende fut construite bien après la mort de Flamel. Et que les livres portant sa signature ont aussi été écrits des années après sa mort. »

Et maintenant l'estocade finale.

« Et c'est ainsi que le plus grand des alchimistes ne fit probablement jamais d'alchimie ! »

Devant les expressions médusées des jeunes étudiants venus assister à votre conférence sur Nicolas Flamel, vous ne pouvez vous empêcher d'esquisser un pâle sourire.

L'histoire érigée au rang de science prenait un malin plaisir à retirer tout soupçon de merveilleux dans les légendes du passé. Une source manquante, une légende sans témoins crédibles, et l'affaire était dans le sac : la belle légende était un faux, fabriqué de toutes pièces plusieurs siècles après les prétendus faits. Adjugé ! Vendu ! La divine science a toujours raison, pas les obscures légendes qui sentent le soufre !

Bien sûr votre rôle, en tant que guide, n'était pas de remettre en question ce que de grands savants avaient écrit sur la question suite à des années de recherches… mais tout de même ! Certains faits restaient troublants dans la vie de cet homme.

Après avoir remercié les étudiants et les avoir salués d'un grand signe de la main, vous décidez de revenir sur vos pas, le long de la rue Saint-Martin, en direction de la tour Saint-Jacques. Une promenade que vous faites régulièrement.

C'est perdu dans vos pensées qu'une nuit d'encre vient vous envelopper de son grand manteau noir. Vous ne pouvez vous

empêcher de frissonner lorsque le vent glacial qui vient de se lever s'engouffre comme un serpent aussi froid qu'humide dans votre veste entrouverte.

La tour Saint-Jacques se dresse maintenant fièrement devant vous, illuminée par une flamboyante lune rouge. Vous avez souvent cherché à vous représenter le Paris du XIVe siècle, celui du grand Nicolas Flamel, mais cet effort de pensée se révélait très complexe.

En effet, la tour n'existait pas encore sous cette forme à cette époque, et presque tout ce qui se trouvait dans ce quartier a disparu dans les siècles qui ont suivi. Et pourtant l'échoppe de Flamel se trouvait quelque part ici, probablement autour du square.

L'inconnu de la tour Saint-Jacques

Malgré le froid, vous décidez de vous asseoir quelques minutes au pied de la tour, connecté par la pensée aux hommes et aux femmes qui vécurent à cet endroit il y a six siècles. À un moment, alors que vos paupières se ferment, il vous semble même entendre le tumulte de la foule venue acheter sa viande ou faire écrire une lettre par la main instruite de Flamel.

C'est en rouvrant vos yeux embués de larmes par l'émotion que quelque chose d'incroyable se produit ! Un homme aux vêtements d'un autre temps, à la peau parcheminée, se tient devant vous.

Ses yeux de braise vous scrutent de toute leur intensité. Il a l'air terrorisé.

« Holà mon brave ! En quel lieu suis-je ?

— Nous sommes devant la tour Saint-Jacques monsieur.

— Je ne *connois* point cette tour messire... et votre *parlois* sonne de curieuse façon à mes *esgourdes ! Estes-vous Anglois* ? Sommes-nous bien à Paris ? Quartier de la boucherie ? Dites-moi, c'est important !

— Oui, c'est bien ça... enfin il s'agit de l'ancien nom.

— Hmmm... et sous quel *roy* sommes-nous ?

— Pardon ? Je ne comprends pas votre question, il n'y a plus de roi depuis longtemps en France...

— Magnificat ! Alors j'ai réussi ! Vite vite, si nous ne faisons pas promptement il va nous tuer !

— Mais qui veux vous tuer ?

— Le *daemon* ! Le *daemon* ! Il me poursuit pour me tuer. Vous devez m'aider sinon il vous tuera aussi ! »

L'homme est tout autant exalté que terrifié. Il vous tend aussitôt un énorme livre recouvert de cuivre qu'il extirpe d'une grande besace et vous invite à le prendre.

Que choisissez-vous de faire ?

- Refuser poliment le livre et rentrer chez vous (500).
- Prendre le livre (550).

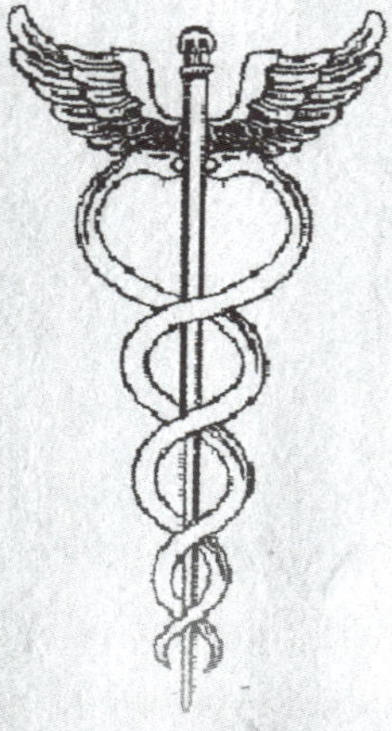

SALLE 1

Le cachot

N'entrez pas dans cette salle sans y avoir été invité.

LANCEZ LE CHRONO !

Vous quittez votre **paillasse** (25), et commencez à explorer la petite cellule.

Une **minuscule fenêtre** (69) en hauteur laisse passer juste assez de lumière pour que vous distinguiez le contenu de la pièce. Mais il y a peu de choses utiles ici.

Une lourde **grille en fer** (33) bloque la seule issue possible.

En observant mieux les murs de votre prison vous repérez de curieuses **inscriptions** sur l'un d'eux (74), probablement gravée là par un de vos malheureux prédécesseurs.

Juste à côté de l'inscription, vous remarquez une petite **fissure** dans un mur de pierre (12).

De cette fissure sort une légère brise, mais il fait trop sombre pour que vous puissiez distinguer quoi que ce soit à l'intérieur de la petite cavité. Si seulement vous parveniez à retirer les deux grosses pierres du mur qui se trouvent de chaque côté de la fissure... mais avec quoi ?

Inventaire de la salle 1

- 12 : Fissure dans le mur (objet)
- 25 : Paillasse (objet)
- 33 : Lourde grille en fer (objet)
- 69 : Petite fenêtre en hauteur (objet)
- 74 : Inscriptions (objet)

Notes

- Trouver un moyen de quitter cette cellule avant le retour de l'inquisiteur !

Notes

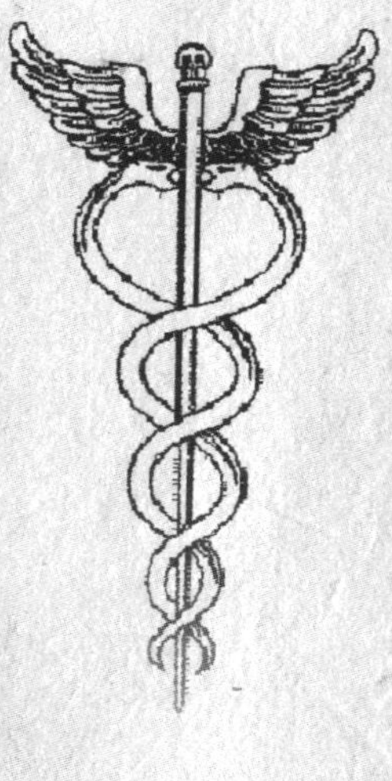

SALLE 2

La salle de torture

N'entrez pas dans cette salle
sans y avoir été invité.

Il faut vous rendre à l'évidence : cette nouvelle salle est un autre cachot fermé par une solide **grille en fer** (51) ! Vous n'êtes pas beaucoup plus avancé.

Mais qui sait, peut-être trouverez-vous ici d'autres objets utiles ?

Vous remarquez dans un coin un **pot en terre avec un grand manche** (90).

Une grande croix en bois, habillée de chaînes, probablement un **instrument de torture** (35), a été installée au-dessus d'une grosse **paillasse** (16).

Le couloir, derrière la grille en fer, est éclairé par une lumière blafarde provenant d'un **brasero** (85).

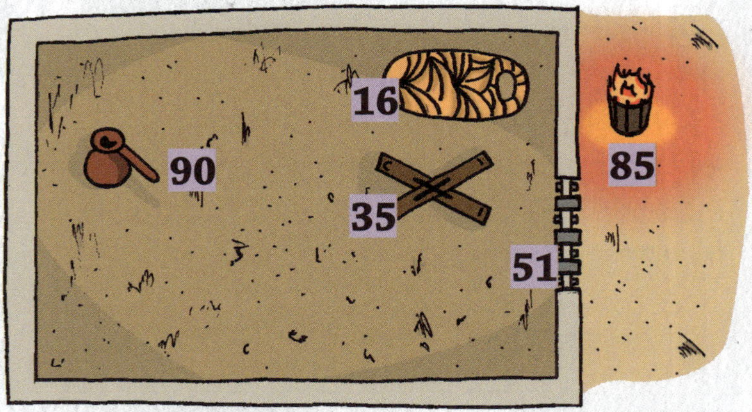

Inventaire de la salle 2

78 : Fémur (objet)
74 : Inscriptions sur le mur de la salle 1 (objet)
41 : Coffre fermé (objet)
90 : Pot en terre (objet)
16 : Paillasse (objet)
35 : Instrument de torture (objet)
51 : Grille en fer rouillée (objet)
85 : Brasero (objet)
~~Paillasse de la salle 1~~
~~Petite fenêtre en hauteur~~
~~Lourde grille en fer~~
~~Fissure dans le mur~~
Squelette

Notes

~~- Trouver un moyen de quitter cette cellule avant le retour de l'inquisiteur !~~

- Ouvrir le coffre trouvé dans le tunnel.

- Les inscriptions sur le mur de la salle 1 ont-elles un sens ?

- La salle 2 est une autre cellule ! Il faut trouver un moyen de sortir d'ici au plus vite !

Notes

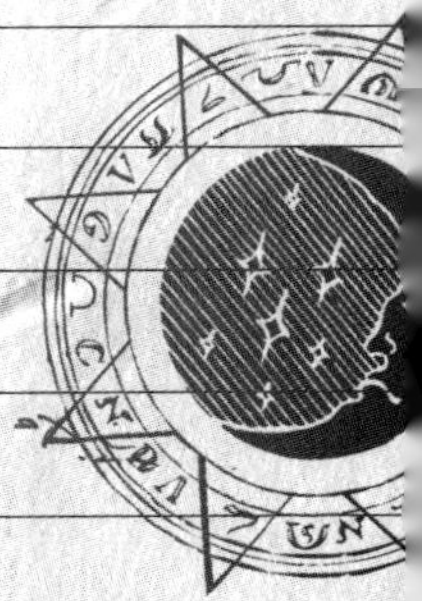

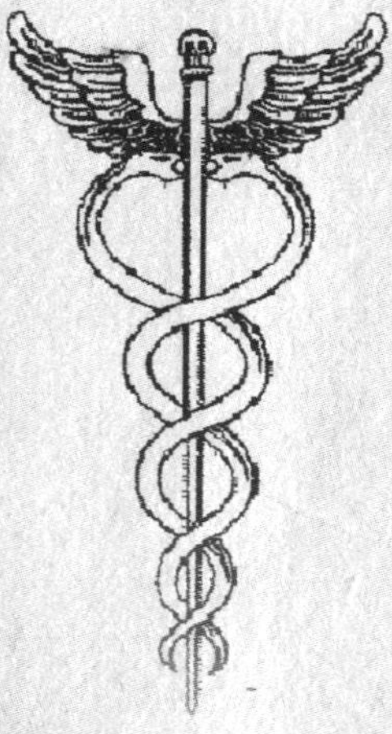

SALLE 3
Le couloir aux deux portes

N'entrez pas dans cette salle
sans y avoir été invité.

Vous sortez prudemment de la salle de torture...

Vous vous retrouvez dans un étroit couloir en pierre éclairé par un brasero. Sur votre droite, il n'y a que la grille qui donne sur votre première cellule. Inutile d'y retourner ! Vous avancez donc à votre gauche sur quelques mètres avant de vous trouver bloqué par deux solides portes en bois.

L'une est face à vous et l'autre sur votre droite.

Celle de droite comporte sur son linteau la sculpture d'un curieux dragon qui se mord la queue, tandis que celle en face de vous a une poignée en forme de rose.

Laquelle allez-vous essayer d'ouvrir en premier ?

- **Pour la porte à la rose, allez en 34.**
- **Pour la porte Ouroboros, allez en 71.**

Inventaire de la salle 3

70 : Esprit de Sel (ingrédient)
40 : Alun (ingrédient)
34 : Porte à la rose (objet)
71 : Porte Ouroboros (objet)
93 : Tige métallique (objet)
95 : Torche (objet / ingrédient)
73 : Le Livre des Recettes (Livre)
~~Fémur~~
~~Boulette~~
~~Os à boulette~~
~~Résine~~
~~Brasero~~
~~Inscriptions sur le mur de la salle 1~~
~~Coffre fermé~~
~~Pot en terre~~
~~Paillasse~~
~~Instrument de torture~~
~~Grille en fer rouillée~~
~~Paillasse~~
~~Petite fenêtre en hauteur~~
~~Lourde grille en fer~~
~~Fissure dans le mur~~
~~Squelette~~

Notes

~~- Trouver un moyen de quitter cette cellule avant le retour de l'inquisiteur !~~

~~- Ouvrir le coffre trouvé dans le tunnel.~~

~~- Les inscriptions sur le mur de la salle 1 ont-elles un sens ?~~

~~-La salle 2 est une autre cellule ! Il faut trouver un moyen de sortir d'ici au plus vite !~~

- Ouvrir une des deux portes.

Notes

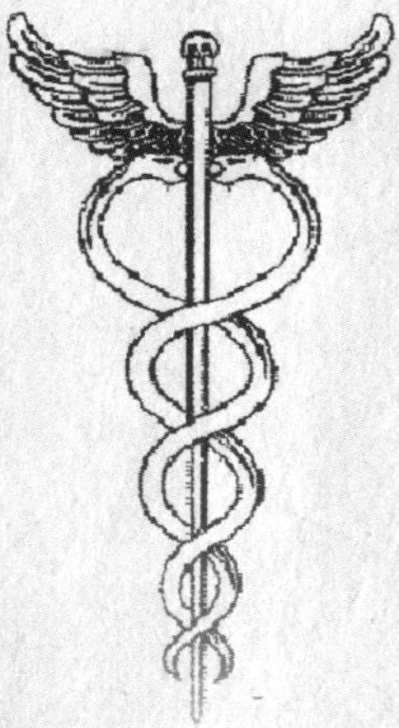

SALLE 4

Le laboratoire d'alchimie

N'entrez pas dans cette salle
sans y avoir été invité.

Des **fioles** (96) de toutes tailles et de toutes formes sont éparpillées dans la pièce. Vous reconnaissez des alambics, des soufflets pour attiser le feu, un **œuf philosophique** (66) et toutes sortes d'objets étranges. De toute évidence, vous vous trouvez dans un laboratoire d'alchimie.

Quelques **livres anciens** (27) sont posés sur une petite table. Malheureusement vous ne voyez aucun pied de biche ou un autre objet utile pour fracturer la seule issue possible : la porte à la rose ! Peut-être qu'une des potions de votre *Livre des recettes* sera en mesure d'accomplir un prodige ? Mais il vous manque encore beaucoup d'ingrédients... ces fioles en contiennent sans doute certains. À moins que le secret de la porte à la rose ne se cache dans un des livres anciens ?

Inventaire de la salle 4

70 : Esprit de Sel (ingrédient)
40 : Alun (ingrédient)
66 : Œuf philosophique (objet / ingrédient)
27 : Livres anciens (Livres)
96 : Des fioles colorées (objet)
22 : Poignée en forme de rose (objet)
95 : Torche (objet / ingrédient)
73 : Le Livre des Recettes (Livre)

~~Tige métallique~~
~~Fémur~~
~~Boulette de résine~~
~~Os à boulette~~
~~Résine~~
~~Brasero~~
~~Inscriptions sur le mur de la salle 1~~
~~Coffre fermé~~
~~Pot en terre~~
~~Paillasse~~
~~Instrument de torture~~
~~Grille en fer rouillée~~
~~Paillasse~~
~~Petite fenêtre en hauteur~~
~~Lourde grille en fer~~
~~Fissure dans le mur~~
~~Squelette~~
~~Trou en losange~~
~~Manivelle~~
~~Petit trou~~

Notes

- ~~Trouver un moyen de quitter cette cellule avant le retour de l'inquisiteur !~~
- ~~Ouvrir le coffre trouvé dans le tunnel.~~
- ~~Les inscriptions sur le mur de la salle 1 ont-elles un sens ?~~
- ~~La salle 2 est une autre cellule ! Il faut trouver un moyen de sortir d'ici au plus vite !~~
- ~~Ouvrir une des deux portes.~~
- Trouver un moyen d'ouvrir la porte à la rose.

Notes

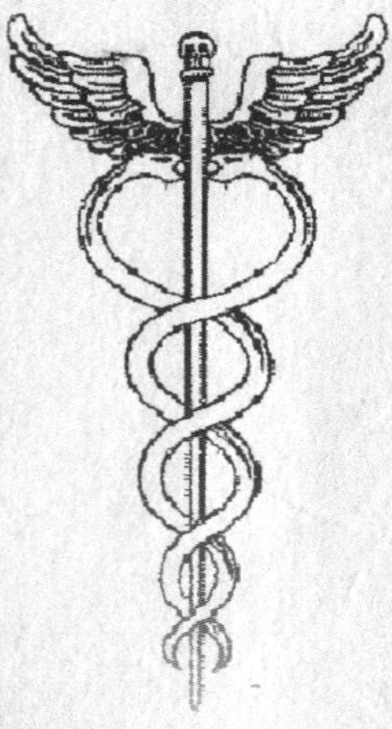

Révélations

11

Ce livre est magnifique ! Chaque page comporte une splendide illustration à la symbolique obscure. Si vous aviez toute une vie devant vous, ce livre serait un merveilleux compagnon de route.

12

C'est une petite fissure entre deux énormes pierres du mur. La cavité qui se cache derrière semble relativement grande, mais pour en avoir le cœur net il faudrait arriver à ôter ces pierres !

14

Il s'agit d'une manivelle. Elle doit pouvoir tourner, dans un sens ou dans l'autre.

16

C'est une simple paillasse éventrée presque identique à celle de votre ancienne cellule. Mais ne sait-on jamais, peut-être seriez-vous bien inspiré de la fouiller dans les règles de l'art !

19

Cette boulette de résine ferait un excellent combustible ! Il ne reste plus qu'à trouver du feu.

22

Il s'agit d'une magnifique poignée de porte en forme de rose dont la base est un losange en or mêlé de fer.

25

C'est une paillasse composée d'une épaisse couche de paille humide sentant fort la moisissure.

27

Trois livres anciens, magnifiquement reliés, sont posés sur la petite table en bois :

- Pour lire ***Le livre des potions***, allez en 460.
- Pour lire ***Les règles de l'Alchimie***, allez en 540.
- Pour lire ***Le livre des transformations***, allez en 580.

30

C'est une mèche en corde imbibée d'un produit inconnu. Visiblement cela sert à déclencher une réaction avec d'autres substances.

33

Une lourde grille de fer vous barre la sortie. Le verrou a l'air solide et la clé n'est bien sûr pas sur la serrure ! Ceux qui vous ont enfermé ici ne tiennent pas à ce que vous en sortiez de vous-même.

34

Cette porte comporte une curieuse poignée en forme de rose rouge. Un boîtier métallique doté d'un code à 3 chiffres a été fixé sur le côté. Une **manivelle** (14) semble actionner le mécanisme. Vous remarquez également un **petit trou** (36) sur le côté droit de la boîte.

35

Une immense croix de bois a été installée dans cette cellule. Vu les chaînes accrochées de chaque côté de la croix, il s'agit probablement d'un engin de torture. En observant le bois de plus près, vous remarquez que de la **résine** (62) suinte encore des fibres du bois. Cette horreur a été de toute évidence installée ici il y a très peu de temps !

➳ 36

C'est un simple trou de la taille d'une tête d'épingle. Mais à quoi peut-il servir ?

➳ 37

La porte ne comporte pas de poignée. À la place, il n'y a qu'un trou en forme de losange.

➳ 40

La fiole marquée « Alun » contient une fine poudre grise.

➳ 41

Le coffre est fermé par un double cadenas en forme de lune chevauchée par une chouette.

Les cadenas sont associés à un nombre. Il semble que le cadenas de gauche soit déjà réglé sur la bonne combinaison ! En effet, vous constatez que le verrou de gauche n'est pas fermé. En revanche, celui de droite est verrouillé.

Lorsque vous aurez trouvé le nombre manquant, vous pourrez vous rendre au paragraphe à 4 chiffres **formé par ces deux nombres** (26 suivi de 2 autres chiffres).

Si vous êtes bloqué, pensez à utiliser un **indice** en allant en 941 !

51

Cette grille est presque aussi solide que celle de votre première cellule. Cependant, elle est fortement attaquée par la rouille.

53

Cinquante-troiS, C et S, la première et la dernière lettre, l'alpha et l'oméga ! Vous ouvrez le coffre et récupérez en toute hâte son contenu : votre **téléphone**, vos **clés**, le **grand livre** de Flamel (11), la **potion verte** que tenait Nicolas Flamel lors de votre rencontre, un **petit pot vernis vide**.

À peine avez-vous pris vos affaires que la porte de la cellule s'ouvre dans un grand fracas : l'évêque et Maldius sont déjà là !

Qu'allez-vous faire ?

- **Essayer de négocier (1000).**
- **Sauter sur Maldius et tenter de l'assommer avec le Grand Livre de Flamel (2000).**
- **Vous en remettre à l'évêque et accepter la justice de la toute-puissante Inquisition (3000).**
- **Tenter une ultime recette en vous servant du *Livre des recettes* (4000).**

59

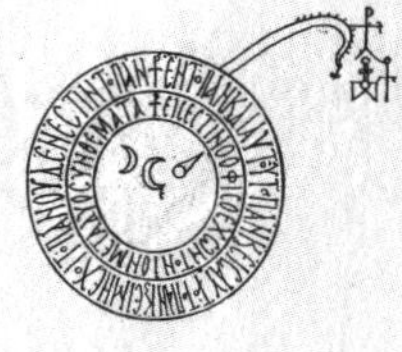

Vous avez fabriqué un magnifique **os à boulette résineuse**. C'est vraiment un très bel objet. Maintenant il va falloir lui trouver une utilité…

62

Une épaisse résine coule des poutres fraîchement taillées.

65

Mmm… Faire ce mélange hors de tout récipient ne servirait qu'à gâcher les produits. Si vous voulez tenter de réaliser cette dangereuse recette, il vous faut trouver un récipient.

66

C'est un œuf philosophique ! Un récipient en verre en forme d'œuf. Vous en avez déjà vu sur des gravures anciennes en préparant vos conférences. Le contenant idéal pour réaliser les préparations alchimiques les plus puissantes.

69

Par cette petite fenêtre, placée en hauteur, il entre suffisamment de lumière pour que vous y voyiez à peu près clairement. Elle est fermée par un solide barreau et, même si vous parveniez à l'atteindre, vous doutez de pouvoir vous échapper par un si petit orifice.

70

Une fiole marquée « Esprit de Sel » et contenant un liquide transparent.

71

Cette porte comporte un curieux verrou à molettes qu'il faut faire tourner afin de former un code à 3 chiffres, ainsi qu'un curieux **trou en losange** (37) à la place de la poignée.

Un texte et un dessin aux perspectives folles figurent juste au-dessus des molettes : visiblement, le but de ce dessin est de fournir la clé uniquement à celui qui la mérite !

« Ô auguste visiteur, soit le bienvenu en ce lieu. Si des trois triangles magiques, du plus petit au plus grand, tu sais faire le tri d'un seul regard, le rouge et le blanc seront alors ta clé. »

- **Si vous êtes bloqué, pensez à utiliser un indice en allant en 971.**

73

Un livre alchimique ! Ce n'est pas celui de Nicolas Flamel mais il semble contenir de précieuses informations. Comme vous vous y attendiez, certains mots ne sont pas clairs et n'évoquent rien pour vous... En effet les anciens alchimistes n'écrivaient jamais de façon intelligible ce qu'ils faisaient : ils employaient le « langage des oiseaux », un langage fait de symboles et de mots poétiques.

LE LIVRE DES RECETTES

Alun + Esprit de Sel = Brouillard impénétrable

Aqua Fortis + Eau Ardente = Ravage terrible

Aqua Fortis + Esprit de Sel = Eau Régale de dissolution

Alun + Safranis + Mèche + Flamme = Lave dévoreuse de métal

Phosphore de Calcium + Poix +
Huile de Naphte + Salpêtre Soufré + flamme = Feu liquide des Grecs

POUR COMPOSER UNE RECETTE : il faut **additionner les codes** des ingrédients mentionnés au sein d'une recette et se rendre au paragraphe correspondant.

ATTENTION : les ingrédients ne doivent pas être utilisés comme des objets classiques ; il faut forcément les employer au sein d'une recette (inutile donc d'aller au paragraphe correspondant à leur code).

74

Un de vos prédécesseurs a gravé ici ce qui ressemble fort aux phases de la Lune. Le pauvre devait bien s'ennuyer pour s'adonner à ce genre d'exercice ! Il a ajouté un petit mot en dessous des symboles : « Si par malheur un jour je suis dans la Lune, l'astre d'argent me redonnera la clé des secrets ! » Il avait sans doute peur de perdre la mémoire ou de devenir fou, et il a voulu graver pour toujours un obscur secret aujourd'hui perdu.

78

C'est un fémur humain de fort belle taille. Son propriétaire devait être très robuste.

79

Le mécanisme du verrou de la porte n'est pas si compliqué. Vous remarquez une butée triangulaire montée sur un pivot et vous comprenez vite que la manivelle ne peut tourner que dans un seul sens. Les 3 flèches vertes pointent sur le code valide de la dernière ouverture de la porte (615). Un tour de manivelle faisant tourner le premier engrenage d'un seul cran, il suffit donc de suivre les engrenages et de noter où vont pointer les flèches vertes au cran suivant pour connaître le code actuel !

- **Si vous êtes bloqué, pensez à utiliser un indice en allant en 979 !**

84

Un pauvre type qui aura fini ses jours dans ce sinistre cachot. Visiblement, il se sera caché sous le tas de paille et personne n'aura cherché à le retrouver avant vous...

- **Vous débloquez le succès « Roi du cache-cache » !**

85

En collant votre visage aux barreaux de la grille, vous pouvez distinguer, à deux mètres tout au plus de vous, un brasero accroché au mur. Il a le mérite de réchauffer un peu l'ambiance !

90

C'est un pot en terre avec un manche assez long, solide mais rustique. En regardant le pot de plus près, vous remarquez un message au fond du récipient ! Vous reconnaissez l'écriture de l'alchimiste qui a gravé les phases de la Lune dans la première cellule. Il devait craindre d'oublier encore une chose importante…

Si partout tu vas, sans jamais deux fois y repasser,
alors un seul chemin te conduira au
SAFRANIS

Il a également dessiné ce qui ressemble à une mystérieuse constellation appelée **Safranis**, composée de nombres, et à côté se trouve un étrange cercle avec des lettres…

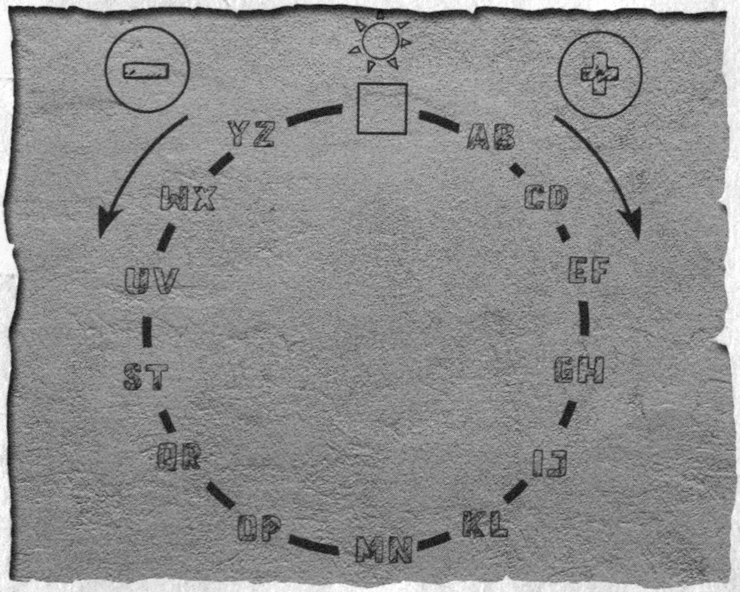

Il doit y avoir un rapport entre ce cercle et le chemin dans la constellation... oui, mais lequel ?

- **Si vous avez trouvé ce qu'est le SAFRANIS, vous pouvez aller en** 630. Sinon, il faut continuer de chercher !
- **Si vous êtes bloqué pensez à utiliser un indice en allant en** 990 !

91

Fabriquer de l'eau régale à même le sol n'est pas une bonne idée ! Il vous faut ajouter à ce code celui d'un récipient adéquat.

93

Une fine tige métallique d'une dizaine de centimètres. Vous la rangez dans votre poche, cela servira peut-être plus tard : on a toujours besoin d'un bout de fil de fer dans la vie !

95

Avec cette torche vous allez pouvoir enflammer toute sorte de choses ! Quel pouvoir enivrant !

96

Vous remarquez 5 fioles de couleurs et de formes différentes posées sur la table de préparation. Ces substances pourraient vous être utiles pour préparer de nouvelles potions, mais malheureusement les étiquettes pour les identifier ne comportent que des nombres.

En revanche, l'alchimiste qui les a préparées a inscrit un curieux message sur un bout de papier déchiré glissé entre les pages d'un livre épais posé tout près des fioles.

55 ans et demi est ce qu'il te manque dans tes recherches. Si tu es digne de l'œuvre, ce n'est pas en toi mais en mois que tu trouveras la solution.

Le Phosphore de Calcium et la Poix sont...
L'Huile de Naphte se trouve entre la Poix...
La Poix est entre l'Aqua Fortis...

• **Si vous êtes bloqué, pensez à utiliser un indice en allant en 996 !**

110

Vous mélangez les deux produits sur le sol, mais la réaction obtenue ne produit qu'un tout petit peu de fumée. Peut-être qu'il faudrait faire le mélange dans un récipient pour en décupler les effets ?

111

Vous n'avez malheureusement pas le temps de l'étudier ici et maintenant, mais ce livre est fascinant !

112

Vous essayez d'introduire votre main dans le trou mais il est trop petit, et à part vous retrouver coincé vous ne voyez pas ce que vous pourriez obtenir ainsi !

114

Vous essayez de tourner la manivelle de la droite vers la gauche, puis de la gauche vers la droite, mais quelque chose à l'intérieur bloque son mouvement. Si seulement vous aviez un moyen d'ouvrir ce boîtier, vous pourriez peut-être comprendre comment faire fonctionner ce verrou !

116

Vous décidez de fouiller ce tas de paille ! Après tout, vous avez bien déterré un squelette la dernière fois que vous avez essayé ! Bingo ! Après une fouille acharnée vous trouvez **une tige métallique** (93), ainsi qu'une fiole marquée « Alun » (40).

- **Vous débloquez le succès « Trouver une aiguille dans une botte de foin ».**

119

Seule, cette boulette n'a pas beaucoup d'utilité. Vous pouvez toujours vous en servir comme d'une balle. Dommage que vous n'ayez pas le temps de jouer !

122

Vous tournez la poignée dans le vide, mais non, vous ne parviendrez pas à ouvrir quoi que ce soit de cette façon !

- **Vous déverrouillez le succès « Ouvreur de portes invisibles » !**

125

Peut-être que quelque chose d'utile se cache sous ce gros tas de paille ! Vous plongez vos mains dans ce nid de microbes et, après une fouille approfondie, vous finissez enfin par exhumer quelque chose : un squelette blanchi par le temps !

- **Vous pouvez ajouter le squelette (84) à votre inventaire.**

127

- **Pour lire** *Le Livre des potions*, **allez en 460.**
- **Pour lire** *Les Règles de l'alchimie*, **allez en 540.**
- **Pour lire** *Le Livre des transformations*, **allez en 580.**

130

Une mèche a besoin de flamme pour fonctionner.

131

Vous mélangez les ingrédients du Ravage terrible à l'intérieur de l'œuf philosophique, vous remuez un peu, chauffez légèrement la préparation à l'aide de l'athanor et... tout explose !

Le laboratoire d'alchimie est totalement détruit par la violence du souffle ! Votre pauvre corps est pulvérisé en une fraction de seconde, et tous vos espoirs d'évasion finissent dans les flammes de vos expériences hasardeuses...

Vous venez d'apprendre à vos dépens que l'alchimie est un art autant qu'une science, et que nul ne s'improvise alchimiste sans en assumer les risques.

Votre aventure se termine ici. Dommage. Si près du but.

FIN de l'aventure.

133

Vous essayez de pousser et de tirer la porte de toutes vos forces, mais rien n'y fait... elle est solidement fermée et, sans la clé, vous ne passerez pas par là.

134

La porte à la rose est solidement protégée par un code à trois chiffres. Vous essayez de rentrer un code au hasard... 666, le nombre du démon, mais la manivelle refuse de fonctionner. Il doit sans doute falloir d'abord entrer la bonne combinaison avant de pouvoir actionner le système. Mais comment connaître ce code ?

- **Si vous êtes bloqué, pensez à utiliser un indice en allant en 934 !**

135

Vous placez vos poignets aux emplacements prévus, et vous imaginez ce qu'un condamné peut ressentir dans cette situation... puis vous vous reprenez car le condamné, en ce moment, c'est précisément vous ! Et dans peu de temps, si vous ne cessez vos jeux puérils, vous risquez bien de vous retrouver attaché ici pour de bon !

136

Vous essayez de faire entrer vos doigts dans ce minuscule trou, mais il faut vous rendre à l'évidence : ce n'est pas du tout la bonne méthode !

137

Ce trou dans la porte n'est pas utilisable tel quel, il faudrait pouvoir y insérer une poignée.

140

La fiole seule ne sert à rien. Il faut la combiner avec d'autres produits.

141

Rien à faire, ce coffre est bien fermé... il faut trouver la bonne façon de l'ouvrir. Mais observez-le bien d'abord...

151

Vous avez beau pousser sur les barreaux, la porte est solidement fermée par un verrou en fer. L'ensemble est fortement rouillé mais reste solide.

157

Vous réalisez la préparation de l'eau régale au sein de l'œuf philosophique. C'est parfait... Mais cette eau n'a pas de sens seule. Il vous faut ajouter à ce code celui d'un objet à y plonger.

159

Cet os peut se coller partout ! Il doit aussi pouvoir brûler facilement avec ce mélange de paille et de résine.

162

Seule, cette résine ne sert qu'à vous coller les doigts ! Il faudrait trouver un moyen de l'utiliser. Oui, mais comment ?

166

L'œuf philosophique est un récipient destiné à réaliser des préparations alchimiques. Seul, il n'a aucune utilité. Pour l'utiliser, il faut ajouter son code aux ingrédients que vous souhaitez employer.

169

Vous sautillez désespérément pour atteindre la fenêtre mais rien à faire, elle est bien trop haute !

170

La fiole seule ne sert à rien. Il faut la combiner avec d'autres produits. *Le Livre des recettes* en 73 est là pour vous aider.

171

Vous essayez de pousser la porte Ouroboros d'un coup d'épaule, mais cette porte est bien fermée !

Pour l'ouvrir, vous allez devoir résoudre l'énigme qui figure sur le côté. Allez en 71 pour cela.

173

Il n'y a rien de plus à faire avec *Le Livre des recettes* ! Il suffit de le lire et de l'utiliser correctement. Pour cela il faut aller en 73.

174

Vous avez beau appuyer sur chaque symbole, rien ne se passe. Peut-être que ce curieux dessin ne vous servira à rien ici.

176

Vous mélangez les ingrédients pour réaliser le brouillard impénétrable dans l'œuf philosophique. Aussitôt, une épaisse fumée irritante pour vos bronches s'échappe de l'œuf, plongeant le laboratoire dans une brume opaque ! Vous perdez un temps précieux à tousser et à jurer en attendant que la fumée veuille bien se dissiper…

- **Vous perdez 5 minutes sur votre temps de jeu !**

178

Vous brandissez le fémur devant vous, un rictus sauvage sur le visage : bravo !

- **Vous avez débloqué le succès « Homme de Cro-Magnon » !**

179

Vous préparez l'eau régale, la fameuse eau royale des alchimistes, au sein de l'œuf philosophique, puis vous y plongez la poignée en forme de rose rouge. Cette eau a une vertu incroyable : elle est capable de dissoudre l'or sans dissoudre les autres métaux moins nobles.

Après quelques instants, vous remarquez que la base de la poignée a changé de forme ! En effet, l'or qui la recouvrait en partie a disparu, laissant seulement en place la structure en fer. Le losange est ainsi devenu un hexagone.

Par une curieuse réaction secondaire, la rose rouge est devenue blanche. Dans le même temps, des cristaux rouges se sont formés au fond de l'œuf, sûrement ce que les anciens appelaient le « sang de dragon » !

Que souhaitez-vous faire ?

- **Continuer d'inspecter le laboratoire (salle 4).**
- **Essayer d'utiliser cette poignée à la rose blanche sur la porte à la rose du couloir (760).**

184

Vous essayez d'attraper le squelette, mais plus rien ne retient les os entre eux (**vous pouvez rayer le squelette 84 de votre inventaire**) ! En y regardant de plus près, le fémur de ce malheureux pourrait peut-être servir de levier...

- **Ajouter le fémur (78) à votre inventaire.**

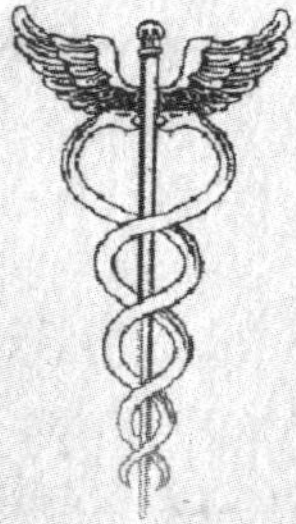

185

Vous avez le bras trop court pour atteindre le brasero. Si seulement vous aviez un bâton, ou un objet long à votre disposition...

190

Vous avez beau secouer le pot dans tous les sens, rien ne se passe.

193

Cette tige métallique ne sert à rien seule, mais pourrait peut-être se révéler utile plus tard. Vous la rangez dans votre poche.

195

Vous touchez la flamme avec votre main... Aïe ! Ça brûle ! En même temps, à quoi vous attendiez-vous ?

196

Utiliser ces fioles au hasard pourrait vous conduire au désastre !

200

Vous mélangez les deux produits dans le pot en terre, et la réaction ne se fait pas attendre ! Une épaisse fumée blanche envahit toute la cellule en quelques secondes ! La fumée est si dense que vous ne voyez rien à plus de vingt centimètres. Après quelques minutes à tousser dans ces vapeurs aussi blanches qu'irritantes pour vos poumons, la fumée finit par se dissiper.

Cette recette ne vous sert à rien dans votre situation actuelle mais peut-être que cela pourra être utile plus tard…

- **Vous débloquez le succès « Apprenti alchimiste » !**

216

Vous essayez de mettre tous vos ingrédients directement sur la porte rouillée, mais lorsque vous allumez la mèche la réaction est trop faible pour faire fondre la serrure. Il faudrait utiliser un récipient pour faire un mélange plus homogène.

306

Vous grattez toute la rouille de la grille, que vous mélangez dans le pot avec la poudre d'Alun. Vous ajoutez la mèche que vous enflammez avec votre torche... La réaction est rapide et violente ! Une flamme jaune-orange s'échappe par le sommet du pot et vous sentez que la chaleur dans le récipient augmente très vite. Vous saisissez aussitôt le pot par le manche – qui n'a pas encore eu le temps de trop chauffer – et vous faite couler la lave obtenue sur la serrure de la grille. C'est incroyable mais, en un instant, tout le métal en contact avec la lave fond !

La chaleur est si intense que le pot finit par se fendre et par éclater. Heureusement, vous parvenez à le lâcher à temps et à vous éloigner du danger sans vous brûler.

• **Vous pouvez rayer le pot (90), la mèche (30), la grille rouillée (51),** l'instrument de torture (35) et les inscriptions (74) **de votre inventaire.**

Les restes fondus de la serrure tombent mollement au sol dans un magma rougeoyant du plus bel effet : vous êtes libre !

• **Vous pouvez aller salle 3.**

450

Grâce à l'orifice laissé par la poignée à la rose, vous parvenez à distinguer les deux hommes qui se trouvent de l'autre côté de la porte : Maldius est là, rouge de colère, et hurle sur le malheureux qui vous a abordé à la tour Saint Jacques. Le pauvre homme est enchaîné à un anneau à même le sol. Curieusement, son visage est serein et contraste fortement avec les traits haineux de son tortionnaire. Vous approchez votre oreille de la lourde porte pour essayer d'entendre ce qu'ils se disent.

L'inquisiteur semble très énervé : de toute évidence le vieil homme refuse de lui livrer ses secrets.

« Vas-tu te décider à parler Flamel ? »

Bon sang, ce vieillard serait donc bien le grand Nicolas Flamel ?

« Je n'ai rien à vous apprendre… *daemon* !

— Si tu ne me révèles pas le secret du voyage dans le temps, je vais dissoudre ton apprenti dans du mercure en fusion ! Tu es prévenu.

— *Aurum-temporis*, l'Or-du-temps, ne se révèle pas Maldius. Il est l'accomplissement de toute une vie, et parfois de plusieurs. Il n'est qu'une des formes les plus accomplies de la pierre des philosophes, et cela tu ne le connaîtras jamais !

— Ton silence et ton outrecuidance tueront tous tes proches, grippeminaud !

— Le silence est d'or, tu devrais le savoir ! Je te plains tant Maldius, toi qui consacres tes jours et tes nuits à la recherche de ce qui n'a pas de valeur, tout en passant à côté de ce qui en a vraiment.

— Il suffit ! Tu as choisi ton sort et celui de ton élève. J'entends la cloche qui annonce l'arrivée de l'évêque ! Adieu, Flamel, tu périras dans le même bain que ton apprenti alchimiste. »

Vous entendez Maldius claquer avec fracas la porte de l'autre côté de la pièce, laissant Nicolas Flamel seul.

Il faut vous hâter de trouver un moyen de le délivrer, et de quitter ce triste endroit ! La porte à la rose étant impossible à ouvrir pour le moment, il ne vous reste plus qu'à aller à la **porte Ouroboros** (71) !

- **Vous gagnez le succès « Grandes oreilles » !**

460

Vous ouvrez *Le Livre des potions*, par M. Græcus & B. Mazlicek.

« L'Aqua Regia, l'eau royale, ou encore eau régale, est la substance de transformation qui mène vers le volatil. En prenant de l'Aqua Fortis et en y ajoutant trois volumes d'Esprit de Sel, le renard mangera le coq. L'or pur sera dévoré sans que le vil fer ne soit touché. Le sang de dragon coulera, apportant la blancheur immaculée.

Voici un feu qu'inventa Aristote alors qu'il voyageait avec Alexandre dans des régions sombres, voulant y produire en un mois ce que le soleil y fait en une année, à l'aide d'une sphère d'orichalque.

Voici la composition de ce feu. Prenez poix, colophane, soufre, safran, huile de soufre préparée avec des œufs. Vous broierez le soufre sur une table de marbre. Ceci fait, vous ajouterez l'huile et le reste. On prend un poids quelconque de cette composition, on en enduit les toits. »

Le reste du livre semble parler de toutes sortes de feux que l'on peut fabriquer en fonction des besoins, mais vous doutez disposer d'assez de temps pour concevoir des recettes aussi sophistiquées. Seule la recette de l'eau régale semble réalisable dans le peu de temps qu'il vous reste. Encore faudrait-il qu'elle soit utile dans votre situation !

- Vous gagnez le **succès « Rat de bibliothèque »** !
- **Si vous souhaitez lire un autre livre, allez en 27, sinon vous pouvez retourner en salle 4.**

500

Vous repoussez doucement le vieillard. Il vous semble trop agité et confus pour être honnête : encore un pauvre type ayant abusé de la boisson ! L'homme vous regarde partir, l'air dépité mais il ne fait rien pour vous retenir. Vous le voyez courir vers un groupe de promeneurs son Grand Livre brandi comme un glaive. En s'y prenant de la sorte, pas sûr qu'il trouve beaucoup d'aide !

En quittant le square, vous vous sentez libéré d'un poids : si on devait suivre tous les inconnus bizarres croisés le soir dans les rues de Paris, on finirait entre quatre planches bien avant l'heure !

« Allez, ce n'est pas tout ça, demain j'ai une grosse journée de travail et il me reste encore 60 minutes de métro pour rentrer à la maison ! Oulala la ligne 9 va encore être bondée… quelle aventure cela va être ! »

FIN

PS : n'ayant même pas débuté l'aventure, la vraie, vous ne pouvez bien sûr pas prétendre l'avoir accomplie en un temps record !

• En revanche, vous pouvez être fier d'avoir débloqué le **succès « 60 minutes compressé en métro »** !

Bravo ! Ce sera votre seul titre de gloire pour ce soir.

537

Le 5 et le 7 semblent à leur place, mais ce 3 n'est visiblement pas le bon chiffre.

540

Vous ouvrez le livre intitulé *Les Règles de l'alchimie* par Albert le Grand, maître de l'Université de Paris.

L'alchimiste accompli sera discret et silencieux.
À quiconque il ne révélera le fruit de ses opérations.
Loin des hommes il habitera une maison particulière,
dans laquelle il y aura deux ou trois pièces exclusivement
destinées à ses recherches.
Il choisira les heures et le temps de son travail.
Il sera patient, assidu, persévérant.
Il exécutera d'après les règles de l'art les opérations nécessaires.
Il ne se servira que de récipients en verre ou en poterie vernissée.
Il sera assez riche pour faire en toute indépendance les
dépenses qu'exigent ses recherches.
Il évitera d'avoir des rapports avec les princes et les seigneurs.

Plein de respect pour ces hommes capables de consacrer leur vie à leurs recherches, vous refermez délicatement le vénérable ouvrage.

• **Si vous souhaitez lire un autre livre allez en 27, sinon vous pouvez retourner en salle 4.**

550

Vous ajoutez le **Livre** (11) à votre **inventaire**.

C'est incroyable, mais vous reconnaissez ce livre ! Il s'agit de celui-là même dont vous parliez tout à l'heure à vos étudiants : le fameux Livre de Flamel. Et si…

« Qui êtes-vous monsieur ?

– Cela n'a pas d'importance ! Je suis poursuivi à travers les méandres du temps par le grand inquisiteur Maldius. Cet homme est le diable en personne ! Il a juré ma perte dans les siècles des siècles. Vous devez m'aider à dissimuler le Livre ! Allez vite le cacher dans ce temps qui est le *vostre*, et je vais repartir à mon époque avant qu'il ne me retrouve ici… »

Au moment précis où le vieillard attrape une petite fiole verte accrochée à sa ceinture, un tourbillon noir vous enveloppe tous deux.

Votre vue se trouble, votre esprit se dilate en tous sens, votre intelligence se perd dans des dimensions que seuls les cerveaux des fous les plus dérangés ont pu entrevoir. Vous vous voyez un instant de l'extérieur comme si votre âme était sortie de votre corps !

Et puis c'est la nuit.

*

Lorsque vous vous éveillez, vous êtes allongé sur une paillasse crasseuse et éventrée, prisonnier d'une geôle sordide d'où il semble bien difficile de s'échapper.

Vous cherchez désespérément du regard le vieil homme, mais vous êtes seul. Et pour couronner le tout, ce cachot sent les champignons moisis ! C'est une horreur !

Combien de temps avez-vous dormi ? Impossible à dire... en tous cas votre crâne vous fait souffrir horriblement. Et pour cause : votre nuque est couverte de sang ! Vous sentez nettement du bout des doigts une grosse croûte à peine formée. Les gens qui vous ont enfermé ici ne plaisantent vraiment pas !

Vous cherchez dans votre poche de pantalon un mouchoir pour nettoyer tout ce sang, mais vous réalisez qu'en dehors de vos vêtements, tous vos objets personnels vous ont été confisqués.

Ah tiens, vos geôliers n'ont pas vérifié la poche intérieure de votre veste : vous y trouvez un **bloc-notes** et un **crayon à papier**. Cela vous sera sans doute utile pour noter les éléments susceptibles de vous aider à sortir de cet enfer.

Vous réalisez que vous n'avez plus le Livre ! **Rayez le Livre (11) de votre inventaire.**

Vous entendez des pas approcher de la grille...

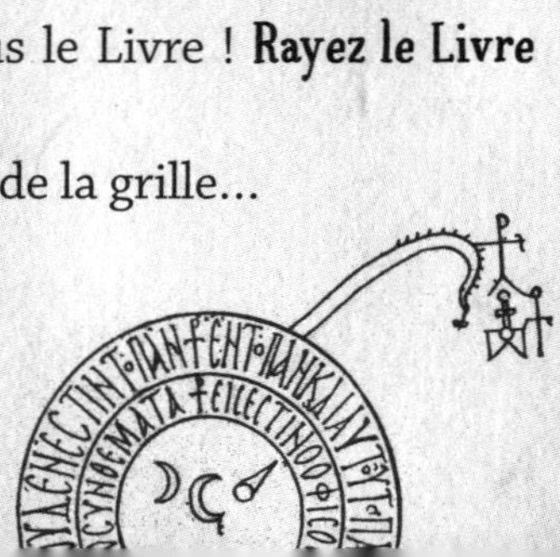

Qu'allez-vous faire ?

- **Hurler le plus fort possible et appeler à l'aide (625)**
- **Attendre sans un bruit (600)**

578

Rien ne se passe. Ce code ne doit pas être correct… Les chiffres semblent bons mais visiblement pas dans le bon ordre !

580

Vous ouvrez *Le Livre des transformations*.

« L'Aigle symbolise la sublimation. L'Aigle dévorant un lion symbolise la volatilisation du fixe par le volatil.

La rose blanche avec la rose rouge représentent le fixe et le volatil…

...Si tu veux te transformer et te libérer de ce qui t'enchaîne tu devras dissoudre la rose rouge du sang du Christ afin de la rendre plus blanche que la colombe de l'Esprit. »

Dissoudre une rose ? Y aurait-il un lien avec la poignée en forme de rose ? Oui, mais la dissoudre dans quoi ?

• Si vous souhaitez lire un autre livre allez en 27, sinon vous pouvez retourner en salle 4.

587

Vous faites tourner les molettes afin que le nombre indiqué corresponde aux nombres en blanc sur fond rouge : 5-8-7. Vous entendez un petit déclic, signe que le code doit être le bon. Mais vous réalisez tout à coup que la porte ne comporte pas de poignée et que vous ne pouvez donc pas l'ouvrir !

• Si vous n'avez pas de poignée de porte dans votre inventaire, essayez d'ouvrir la porte à la rose (34).

600

L'homme qui se tient derrière la grille est grand, le visage en parti masqué par une large capuche noire. Il vous scrute en silence un moment puis il laisse tomber sa capuche sur ses épaules dans un mouvement ample, révélant des cheveux d'un blanc immaculé. Ses yeux argent émettent une lueur cruelle. Il vous observe encore un instant avant de laisser tomber la terrible sentence :

« *Escoute*-moi bien abomination d'alchimiste ! Moi, grand inquisiteur Maldius, traqueur d'hérétiques, je te condamne à périr le corps plongé dans du mercure bouillonnant. Rassure-toi, je veillerai personnellement à ce que tu aies une belle mort : lente et douloureuse.

L'évêque inquisiteur sera là dans une heure pour ton trépas, cela te laisse le temps de faire tes prières, si ton *âme* misérable sait encore prier le vrai Dieu ! Adieu. »

Maldius tourne les talons et s'éloigne d'un puissant pas martelé dans les sombres galeries. Vous vous demandez ce qu'il se passe, et quels sont ces fous qui ont décidé de vous faire participer à un film d'horreur. Êtes-vous vraiment remonté dans le temps ? Non, cela paraît complètement insensé... il doit y avoir une autre explication...

Vous passez à nouveau la main derrière votre crâne ensanglanté. En tous cas, question violence, ce malade s'y connaît.

Il vous faut sortir d'ici au plus vite ! Parce qu'il faut bien reconnaître que si ce dingue dit vrai, un bain au mercure ce n'est vraiment pas votre type de balnéo !

- **Vous pouvez lancer le CHRONO et aller en 1 (salle I).**

615

C'est malin, mais non, ce code a déjà été utilisé et la manivelle refuse de tourner. Il faut que vous entriez le prochain code valide pour que le mécanisme accepte de fonctionner.

625

Vous vous mettez à hurler aussi fort que vous le pouvez ! Mais vous devez vite vous rendre à l'évidence : vos cris n'ont alerté personne. Une voix grave et caverneuse se fait entendre dans les couloirs sinistres :

« Alors *faquin*, on joue les fortes *testes* ! D'habitude les alchimistes que je traque sont plus réservés que toi. Peut-être as-tu besoin d'un autre coup de *baston* dans les *roignons* ? »

- **Allez en 600.**

630

Mais bon sang, mais c'est bien sûr ! Il y a en effet un objet dans cette cellule recouvert de SAFRANIS ! Si vous avez besoin de SAFRANIS à un moment de votre évasion, il vous suffira d'utiliser le code de cet objet.

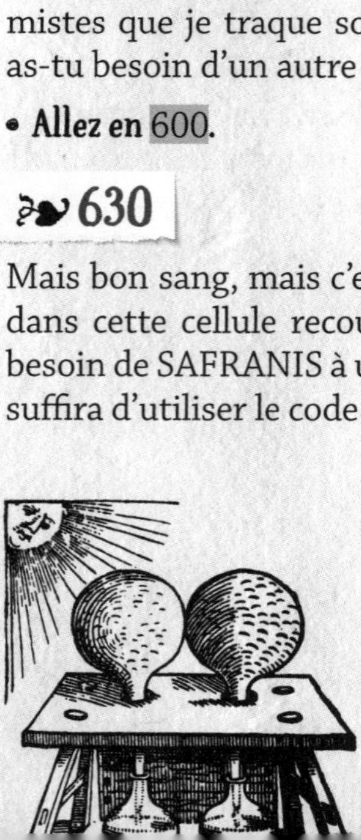

666

Vous ouvrez le livre contenant le papier déchiré à la page 666 et vous découvrez la seconde partie du message !

...dans des fioles de même forme.

...et l'Eau Ardente.

...et l'Huile de Naphte.

L'Eau Ardente est au bord. »

724

Vous remarquez que le trou dans le mur est en fait un tunnel reliant votre cellule à... quoi exactement ? Une autre cellule ? L'avenue des Champs-Élysées ? Une impasse ? Au fond peu importe, ce ne sera jamais pire que dans ce cachot pestilentiel ! En observant mieux le tunnel vous remarquez que quelqu'un a dissimulé ici un coffre (41) ! Vous l'ajoutez à votre inventaire

Au bout du tunnel, une autre pierre bouche l'issue. Mais quelques bons coups de pied bien placés en viennent vite à bout.

- **Vous pouvez aller en salle 2 (2).**

758

Rien ne se passe. Ce code ne doit pas être le bon.

760

Vous retournez prudemment devant la porte à la rose, et vous essayez d'introduire votre poignée de rose blanche dans l'orifice. Cependant, le trou où s'insère la poignée est circulaire et plus gros que la tige de la poignée… Elle tourne donc toujours dans le vide.

Ne sachant plus que faire, vous essayez tout de même de tourner la manivelle. Le mécanisme complexe se met en marche, actionnant des engrenages, des poulies et autres pièces mystérieuses enfouies dans les tréfonds de ses rouages. Vous saisissez à nouveau la poignée de porte, et cette fois-ci vous sentez qu'elle est solidement en place. Vous la tournez lentement, attentif au moindre son provenant de l'autre côté.

La porte s'ouvre dans un grincement sinistre. Et au moment précis où vous passez la tête par l'embrasure, une voix chaleureuse, presque joviale, vous apostrophe : celle de Nicolas Flamel !

« Ah ! Vous voilà enfin mon ami. Je vois que vous avez triomphé des pièges de ce cachot. J'en suis ravi car cela me prouve votre valeur. Venez vite me délivrer, si nous tardons trop l'évêque et son damné inquisiteur vont arriver pour nous faire passer de vie à trépas ! Les clés de mes menottes sont suspendues à ce crochet sur le mur. »

D'un geste vif vous décrochez les lourdes clés et libérez Nicolas Flamel de ses chaînes. Il vous montre alors un énorme coffre dans un coin de la pièce :

« C'est ici qu'ils ont enfermé nos affaires et mon précieux livre ! Nous ne pouvons partir sans le récupérer. Il y a un code à 2 chiffres pour l'ouvrir. Maldius a fait tomber de sa poche un bout de papier tout à l'heure… Je l'ai vu s'en servir pour entrer la bonne combinaison. Heureusement, j'ai pu le récupérer sans qu'il s'en aperçoive. »

Nicolas Flamel vous tend le bout de parchemin, qu'il avait réussi à dissimuler dans une de ses chaussures :

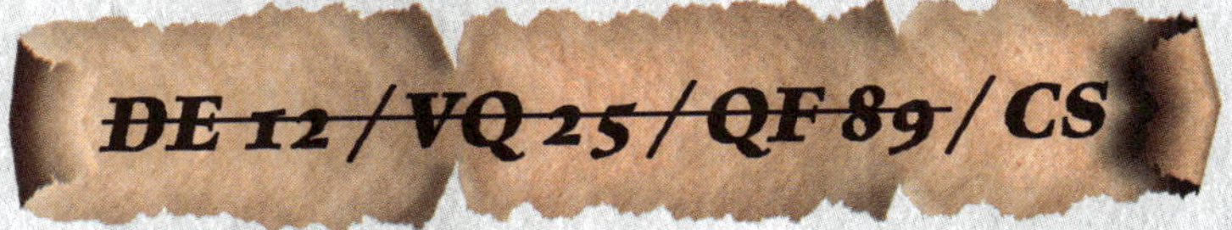

C'est un pense-bête ! Trois anciens codes ont été complétés puis rayés par Maldius. Malheureusement, le code en cours est incomplet. Il doit bien y avoir un lien entre le code à découvrir et les trois anciens codes… Vite le temps presse !

Si vous découvrez le bon code, il vous suffira de vous rendre au paragraphe correspondant. Si vous ne le trouvez pas, un bon bain au mercure bouillonnant vous attend !

- **Un indice accessible en 9760 pourrait vous aider à ne pas mourir dans d'atroces souffrances !**

784

Rien ne se passe. Ce code ne doit pas être le bon.

786

Vous entrez le code 7-8-6 à l'aide des molettes, et vous essayez de tourner la manivelle… Cela fonctionne ! Vous entendez un déclic au niveau de la poignée en forme de rose. Plutôt bon signe ! Vous saisissez la poignée et commencez à la tourner doucement, mais elle tourne dans le vide. Vous sentez surtout qu'elle ne semble plus du tout rattachée à la porte… et en effet, en la tirant légèrement vers vous, elle se dissocie sans mal de la porte.

La porte à la rose est toujours close, mais vous avez récupéré une splendide **poignée de porte** (22) en forme de rose rouge !

- **Vous pouvez rayer de votre inventaire la manivelle (14), ainsi que le petit trou (36).**

Les échos étouffés d'une conversation houleuse vous parviennent de l'autre côté de la porte…

Qu'allez-vous faire ?

- **Coller votre oreille à la porte pour essayer d'écouter ce qu'il se dit (450).**
- **Essayer d'ouvrir au plus vite la porte Ouroboros (71).**

857

Rien ne se passe. Ce code ne doit pas être le bon.

875

Rien ne se passe. Ce code ne doit pas être le bon.

912

La fissure pourrait faire un bon point de levier pour déplacer les pierres du mur. Enfin… si vous aviez un levier !

914

Il semble que cette manivelle ne tournera que si le bon code est entré. Pour découvrir le bon code, il faudrait peut-être essayer d'ouvrir le boîtier. Et si ce petit trou était justement le moyen d'accéder au mécanisme ?

916

La paille peut cacher des choses utiles, ou bien servir de combustible. Mais si on n'y ajoute rien, elle se consumera bien trop vite. Peut-être qu'une résine pourrait aider à maîtriser la flamme ?

919

Cette belle boulette de résine pourrait être enflammée, mais pour atteindre le brasero il vous faudrait l'accrocher à un objet suffisamment long. Vous devez bien avoir ça dans votre inventaire ?

922

Cette poignée est étrange. Elle devrait pouvoir vous être utile pour ouvrir des portes autres que celle-ci, mais elle semble aussi receler d'autres pouvoirs... Peut-être que l'or qui la compose en partie constitue une clé ?

925

Ce tas de paille pourrait bien dissimuler un objet utile pour vous. Pour le savoir il n'y a qu'une seule solution !

927

Ces livres devraient être lus car ils contiennent de précieuses indications.

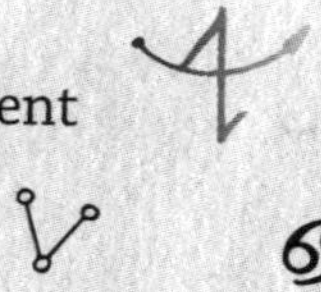

930

Une mèche qui sert à déclencher certaines réactions. Suivez les indications du *Livre des recettes* (73) pour savoir quand l'utiliser.

933

Peut-être que la sortie n'est pas là !

934

Cette porte ne s'ouvrira que si vous percez le secret de son mécanisme. Peut-être serait-il judicieux d'ouvrir le boîtier sur le côté de la porte afin de l'étudier en détail ? Ce petit trou serait-il le moyen d'accéder aux entrailles de cette serrure ?

935

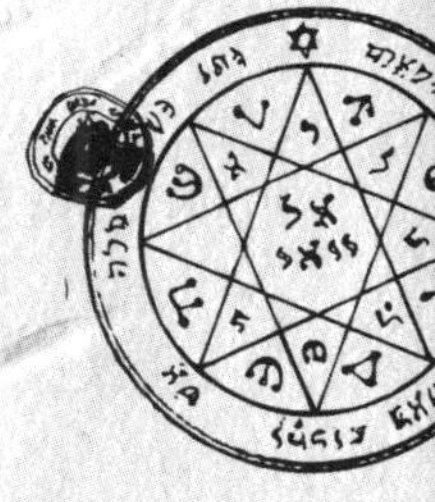

Cette croix est couverte de résine. Peut-être que cela pourrait être utile pour fabriquer une torche ?

936

Ce petit trou permet sans doute d'ouvrir la boîte !
Il faut que vous vérifiiez dans votre inventaire si vous n'avez pas un objet fin, par exemple un fil de fer, à y insérer.

937

Si vous n'avez pas déjà trouvé une poignée à introduire dans ce trou, il va falloir en rechercher une ! Peut-être en essayant d'ouvrir la porte à la rose (34) ?

940

L'alun contient de l'aluminium et entre dans la composition de certaines préparations du *Livre des recettes* (73). En l'utilisant à bon escient, il pourrait vous sauver la vie.

941

Le coffre demande un code pour s'ouvrir. Les inscriptions sur son couvercle évoquent la Lune... peut-être que la clé se trouve dans les inscriptions de la salle 1 ? Ces lettres en majuscules pourraient représenter la forme abrégée de mots plus longs...

951

Cette grille rouillée semble être votre seule sortie possible. La rouille pourrait peut-être servir dans certaines recettes alchimiques, mais la langue des oiseaux utilise sans doute un autre nom...

959

Cet os résineux serait bien plus utile si vous parveniez à l'enflammer ! Peut-être en utilisant le brasero du couloir ?

962

La résine est très utile pour fabriquer une torche. Ce pourrait être une bonne idée de chercher dans cette voie.

966

L'œuf philosophique est le meilleur récipient pour préparer des potions alchimiques.

969

À part laisser passer un peu de lumière, cette fenêtre ne vous sera pas d'une grande utilité !

971

Cette porte cherche à perturber vos perceptions ! Il semble que ce qui paraisse grand dans le dessin est en

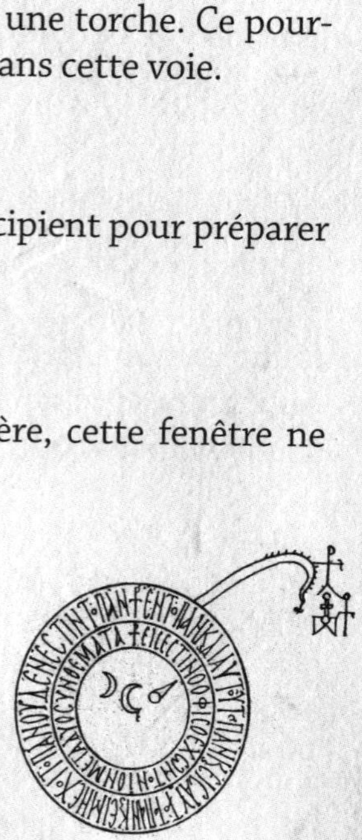

fait petit, et vice versa… En regardant attentivement les symboles en blanc sur fond rouge, on voit qu'ils correspondent à des chiffres plaqués sur deux faces d'un cube. Ainsi,  est en fait un 5 !

973

Le Livre des recettes contient des préparations alchimiques détonantes ! À manier avec crainte et délicatesse… Pour l'utiliser, il faut additionner les codes des potions et objets à employer. Attention, si un récipient est nécessaire il faudra aussi penser à ajouter son code.

974

Cette gravure dans le mur représente les phases de la Lune… y aurait-il un lien avec un objet évoquant la Lune ? Celui qui a gravé ces symboles voulait protéger un secret, mais peut-être que ce secret n'est pas dans cette salle, et que cette gravure n'est pas une énigme mais un simple indice pour en résoudre une autre…

978

Que faire d'un fémur ? Jouer au golf ? Mais vous n'avez pas de balle. Ou alors l'utiliser comme outil ! Un tel fémur ferait un excellent levier. Ou bien une merveilleuse torche ! À vous de découvrir le meilleur usage possible.

979

La butée en triangle empêche de tourner la manivelle de la droite vers la gauche. Le seul sens possible est donc de la gauche vers la droite, le sens des aiguilles d'une montre ! Un tour de manivelle fait tourner les engrenages d'un cran, ce qui fait donc également tourner les flèches vertes d'un cran vers la droite ou la gauche.

Il va donc vous falloir suivre les engrenages pour savoir dans quel sens chaque flèche verte tournera. Ainsi, vous aurez le prochain code valide :

- chaque enchaînement inverse le sens de rotation ;
- chaque courroie directe le conserve ;
- chaque courroie croisée l'inverse.

984

Peut-être que certains éléments du squelette peuvent être utiles. Pour en avoir le cœur net, il faut essayer de l'utiliser !

985

Ce brasero est un bon procédé pour avoir du feu. Le tout est de trouver un moyen de l'atteindre. Il vous faut trouver un objet assez long pour cela.

990

Ce pot peut servir à préparer des potions complexes ! Gardez-le précieusement, il pourra être utile pour vous évader.

Le code qu'il contient doit sans doute révéler la nature du **Safranis** dont vous avez besoin pour certaines potions... Peut-être qu'en suivant un chemin qui ne repasse jamais deux fois par le même point vous pourriez obtenir une séquence de nombres positifs et négatifs... Et peut-être que ces nombres pourraient vous donner les lettres du mot que vous cherchez si vous les appliquez au cercle alphabétique...

Vu la configuration du cercle, le point de départ doit être la zone vide. Ensuite, pour un nombre positif, il faut aller d'autant de cases dans le sens des aiguilles d'une montre, tandis que pour un nombre négatif il faut aller dans le sens opposé.

Bien sûr, il restera 2 lettres à chaque position... Il faudra sûrement rayer une des deux lettres de façon à former le mot correct.

Par exemple, la séquence +6 -5 -1 permet de trouver KL, AB et la zone vide, ce qui doit être une espace entre deux mots... KA, KB, **LA** ou LB... Cela ne peut correspondre qu'au mot **LA** suivi d'une espace !

993

Le genre d'objet utile pour crocheter une serrure...

995

Avec cette torche vous allez pouvoir déclencher certaines réactions alchimiques contenues dans *Le Livre des Recettes* (73)

996

Pour résoudre cette énigme il va d'abord falloir reconstituer le message. 55,5 années... c'est en mois que vous trouverez la solution. Et si vous convertissiez ce nombre d'années en mois, et que vous alliez au paragraphe correspondant ? Une fois le message reconstitué, il suffit d'être méthodique et de bien suivre les indications. Les nombres indiqués sur les fioles vous donneront les codes ingrédients que vous pourrez utiliser avec votre *Livre des recettes*.

1000

Maldius est fou de rage lorsqu'il vous voit libre en compagnie de Flamel. Vous joignez les mains et vous implorez la pitié de l'évêque :

« Monsieur je vous assure que c'est un malentendu, je ne suis pas alchimiste, et je ne comprends pas pourquoi je suis prisonnier ici... »

Mais Maldius ne vous laisse pas aller plus loin dans vos explications :

«Coquins ! Vous avez tenté de vous évader ! Ce forfait aggravera votre punition ! Non seulement vous serez plongés dans du mercure mais en plus vos restes seront dispersés et ne connaîtront point de sépulture chrétienne ! Allez, zou ! Au bain.»

Votre aventure s'achève ici, entre deux bulles de mercure. Vous ferez probablement mieux dans une prochaine vie.

1173

À la stupéfaction générale vous empilez Le Livre de Flamel sur le *Livre des recettes* ! Personne ne sait pourquoi vous avez décidé de faire cela.

• Cette action mystérieuse vous fait gagner le **succès « Maniaque du rangement »** !

Qu'allez-vous faire maintenant ?

• Essayer de négocier (1000).

• Sauter sur Maldius et tenter de l'assommer avec le Grand Livre de Flamel (2000).

• Vous en remettre à l'évêque et accepter la justice de la toute-puissante Inquisition (3000).

• Tenter une ultime recette en vous servant du *Livre des recettes* (4000).

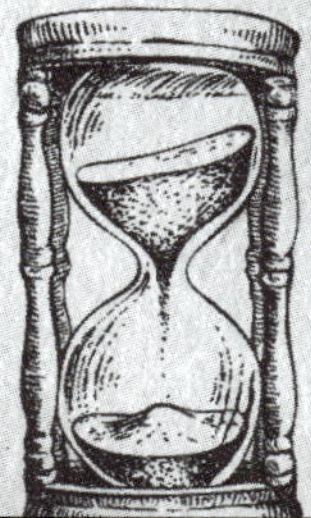

1195

Dans un geste de défi, vous approchez votre torche du précieux livre. Malheureusement pour vous, le seul à s'émouvoir de votre geste est Nicolas Flamel. Pris de panique, il essaie de vous l'arracher des mains, mais dans la confusion qui en résulte la torche heurte le livre, la résine enflammée se colle au précieux ouvrage qui s'embrase aussitôt !

Maldius, resté bouche bée devant la scène, éclate soudain de rire en voyant Flamel essayer d'éteindre le brasier en se couchant pitoyablement de tout son long sur les restes calcinés de son livre.

Quel dommage ! Vous étiez si près du but… Il ne vous reste plus qu'à prendre un bon bain au mercure…

FIN de l'aventure.

1225

Vous enfoncez de la paille dans le trou, mais à part le boucher cela ne vous avance à rien…

1233

Ce n'est pas ainsi que vous quitterez votre cellule !

1269

Vous avez vraiment la tête ailleurs !

1274

Vous êtes dans la Lune aujourd'hui !

1278

Vous enfoncez le fémur dans le trou et mettez toute votre ardeur à remuer ces pierres ! Au bout de quelques instants vous voyez les lourdes pierres bouger un peu, puis se dégager suffisamment pour que vous puissiez passer une main dans le trou élargi et enfin les tirer vers vous de l'intérieur. Les deux énormes pierres tombent dans votre cellule, dans un grand fracas, révélant un passage suffisamment grand pour que vous puissiez vous y engouffrer.

- **Allez en** 724

1284

Vous coincez une main du squelette dans le trou mais rien ne se passe… vraiment étonnant !

1434 / 1436 / 1440 / 1470 / 1473 / 1493 / 1495

Cette manivelle ne sert qu'à activer le mécanisme d'ouverture de la porte.

1587

Vous entrez le code au moyen des molettes, 5-8-7, puis vous tournez la poignée de porte en forme de rose. Cela fonctionne ! La porte Ouroboros s'entrouvre doucement dans un grincement sinistre. Vous passez avec prudence la tête par l'embrasure de la porte. La voie est libre, il n'y a personne ici !

Afin d'éviter de vous faire surprendre, vous retirez la poignée en forme de rose et vous la rangez dans votre poche. Pour ouvrir la porte de ce côté-ci, il n'y aura pas besoin de poignée, le loquet étant directement accessible.

- **Vous pouvez aller en salle 4 (4).**

1630

Cette mèche vous sera plus utile si vous l'utilisez dans les recettes de votre livre (73).

1635

Vous jetez un nuage de paille sur l'engin de torture : « Abracadabra transforme-toi en citrouille ! » Malheureusement, rien ne se passe.

1640

Cette fiole est mieux dans votre inventaire que sous ce tas de paille !

1641

Vous avez vraiment du temps à perdre !

1651

Vous allez attraper un rhume des foins à jouer sans cesse avec cette paille !

1659

Inutile !

1662

Vous prenez une pleine poignée de paille sèche et vous allez la frotter contre le bois résineux. Vous obtenez une **boulette de résine** (19).

- **Vous pouvez rayer la paillasse (16) ainsi que la résine (62) de votre inventaire.**

1670

Les grands génies ont parfois d'étranges idées paraît-il...

1673

Cela ne sert à rien.

1674

Vous frottez l'inscription avec de la paille. Et... oh ! Incroyable ! Rien ne se passe ! Assez joué ! Sortez de là, le temps presse.

1678

Vous plongez le fémur dans la paille, mais sans colle la paille ne reste pas en place. Comment faire pour la fixer au bout de cet os ?

1685

Vous jetez une poignée de paille en direction du brasero. Les rares brins de paille qui l'atteignent s'enflamment aussitôt. Malheureusement cela ne vous sert à rien.

1690

Vous remplissez le pot de paille… Pourquoi ? Nul ne le sait, mais au moins cela vous aura occupé !

1693

Vous voulez remettre cette tige en métal sous la paille ? Vous feriez mieux de la ranger.

1930

Les ingrédients ne doivent être utilisés qu'avec *Le Livre des recettes* !

1935

Vous vous placez dans un coin de la cellule et vous jetez avec force votre boulette sur l'engin de torture ! Bravo ! Vous avez réussi à la coller en plein centre des poutres ! Vous faites un excellent lanceur de balles. Quel dommage que ce talent ne vous serve à rien ici !

- **Vous débloquez néanmoins le succès « Tireur d'élite » !**

1940

Les ingrédients ne doivent être utilisés qu'avec *Le Livre des recettes* !

1941

Arrêtez de faire n'importe quoi !

1951

C'est un coup à perdre votre belle boulette.

1970 / 1973

Quelle drôle d'idée !

1974

Vous avez de drôles d'idées parfois… c'est sûrement un signe de grande intelligence !

1978

Vous vous dites qu'avec cette belle boulette et ce fémur vous pourriez faire une chouette partie de golf… Soudain une idée lumineuse traverse votre esprit : vous pressez fortement la boulette de paille et de résine à une extrémité du fémur. Vous obtenez un magnifique **os à boulette résineuse** (59).

• **Vous pouvez rayer le fémur (78) de votre inventaire, ainsi que la boulette de résine (19).**

1985

Si vous jetez votre boulette dans le brasero vous n'aurez plus de boulette et ça, personne ne le souhaite ! Pas vrai ?

1990

Vous avez mieux à faire avec ce pot et cette boulette !

1993

La tige est à peine plus grande que la boulette. Du coup, cela n'a pas un grand intérêt de procéder ainsi.

2000

Rassemblant tout votre courage vous vous ruez sur Maldius, le lourd livre de Flamel brandi au-dessus de votre tête. Malheureusement pour vous, Maldius esquive sans mal votre attaque et, emporté par votre élan, vous vous écrasez lourdement contre le mur. Le choc est si violent que vous perdez connaissance.

À votre réveil, vous êtes ligoté solidement aux côtés de Flamel, assis dans une baignoire de grande taille. Maldius et l'évêque vous observent depuis une estrade. Le regard mauvais, un petit sourire en coin, l'inquisiteur sonne la fin de votre aventure :

« Ces hérétiques n'ont que trop défié la puissance de la sainte Église. En tentant de me blesser vous avez aggravé votre cas, et non seulement vous allez périr dans ce bain, mais en plus vos restes seront donnés aux animaux sauvages ! Il suffit… Faites couler le mercure ! »

Votre aventure s'achève ici, entre deux bulles de mercure. Vous ferez probablement mieux dans une prochaine vie.

2227

Ces livres sont faits pour être lus !

2234

Non, cette poignée n'est plus adaptée à cette porte.

2237

La poignée en forme de rose s'insère parfaitement dans le trou de la porte ! Si vous avez déjà trouvé le code pour ouvrir la porte, il vous suffira d'ajouter 1000 à ce code et de vous rendre au paragraphe correspondant, sinon il vous faut maintenant trouver le code de la porte Ouroboros. Dans ce cas, retournez en 71.

2240 / 2270 / 2273 / 2295 / 2296

Peut-être serait-il plus judicieux d'utiliser cette poignée de porte autrement…

2266

C'est un bon début en effet, mais si vous ne suivez pas la recette adéquate vous n'obtiendrez rien de plus qu'une poignée au fond d'un bocal !

2271

Oui, mais où faut-il placer cette poignée exactement ?

2533

Vous jetez une lourde poignée de paille humide sur la porte en fer… mais la porte résiste ! Quelle surprise !

2569

Vous jetez une poignée de paille en l'air devant la fenêtre… mais toute la paille vous retombe sur le visage !

2574

Vous jetez de la paille sur le dessin mais cela ne semble pas fonctionner… d'un autre côté à quoi vous attendiez-vous ?

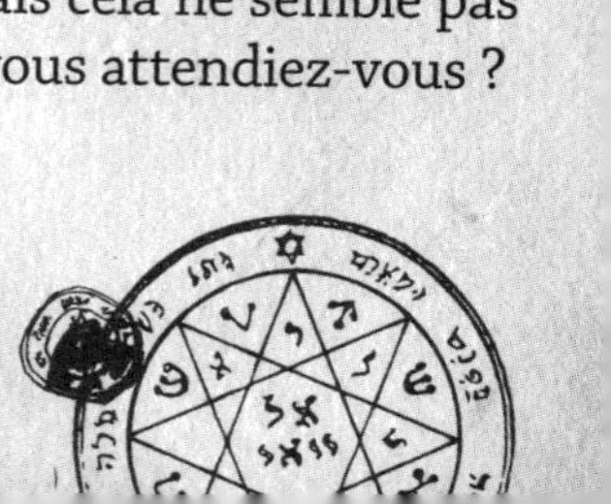

❧ 2578

Vous remuez vigoureusement la paille avec le fémur... mais à part vous faire éternuer rien ne se passe.

❧ 2584

Vous feriez mieux de laisser ce pauvre homme reposer en paix !

❧ 2637

Vous entrez le nombre 37 et le coffre s'ouvre aussitôt ! Vous vous hâtez de fouiller son contenu. À l'intérieur, vous trouvez un parchemin intitulé : *Le Livre des recettes* (73), une fiole portant l'inscription **Esprit de Sel** (70), et une **mèche** (30).

- **Vous pouvez rayer le coffre (41) de votre inventaire.**

❧ 2795

Dans un accès de folie, vous enflammez les livres anciens ! Vous pouvez rayer les livres (27) de votre inventaire.

❧ 2796

Vos idées ne sont plus très claires ! Reprenez-vous !

❧ 3000

Comprenant que votre situation est désespérée, vous préférez vous en remettre à la mansuétude de l'évêque. Ce saint homme comprendra certainement la tragique erreur que Maldius se préparait à commettre. Vous vous agenouillez et, les mains jointes, vous plaidez votre cause :

« Monsieur l'évêque, ayez pitié de nous ! Nous ne sommes pas vos ennemis, tout ceci est une tragique méprise. Cet homme, à côté de vous, veut nous tuer, alors que nous n'avons rien fait. Pitié, aidez-nous. »

L'évêque vous scrute attentivement quelques secondes, puis, se tournant vers Maldius, dit d'une voix de stentor :

« Maldius ! Je vous avais ordonné de les enfermer dans votre cachot le plus sûr afin qu'ils ne puissent s'évader, et voilà que je trouve ces hérétiques à genoux implorant une clémence qu'ils ne méritent point ! Toutefois, comme je suis bon, je laisserai la vie à celui-ci qui se tient à genoux devant nous. Il restera enfermé ici le reste de ses jours. Quant à l'autre, ce Flamel, je veux le voir prendre son bain maintenant ! »

Votre aventure s'achève ici, prisonnier à vie, revoyant pour le reste de vos jours le pauvre Nicolas Flamel se débattre dans son bain au mercure. Vous ferez probablement mieux dans une prochaine vie.

3035

Vous feriez mieux de garder cette mèche pour préparer les recettes de votre livre en 73.

3040 / 3041 / 3051

Non. Les produits doivent suivre les recettes du Livre.

3059

Ce n'est pas idiot en effet... En procédant ainsi vous pouvez obtenir une belle boule flamboyante. Très utile pour éclairer les endroits sombres et inaccessibles... Cependant, cela ne vous sert à rien dans votre situation. Dommage.

- **Devant tant d'imagination dans votre quête, vous gagnez le succès « MacGyver en herbe » !**

3062 / 3074 / 3078 / 3085 / 3090 / 3093

Non. Les produits doivent suivre les recettes du Livre.

3095

Vous allumez la mèche. Cette dernière flambe dans une belle lumière blanche. C'est vraiment magnifique ! Cependant, cela n'a servi à rien, et vous risquez de bientôt manquer de mèche si vous continuez à jouer les flambeurs !

3369

Voilà, voilà... elles se font face... dans leur sombre solitude... une porte et une fenêtre... et vous au milieu. Une entrée pour la lumière, une sortie pour le bain au mercure. La vie, la mort, tout ça quoi. Tout le tragique de l'existence. Allez-vous cesser ces enfantillages ! L'heure tourne !

3374

Rien ne semble lier cette solide porte et ce beau dessin.

3378

Vous tapez de toute votre force avec le fémur sur la porte, mais à part faire résonner les barreaux de votre prison rien ne se passe.

3384

Allez-vous cesser d'importuner ce pauvre homme ?

3436 / 3437 / 3440 / 3470 / 3471 / 3473 / 3493 / 3495

Non, cela n'a aucun sens !

3540 / 3541 / 3551

Vos idées sont confuses... Respirez un grand coup, concentrez-vous, et trouvez vite un moyen de sortir de ce guêpier !

3559

Vous lancez votre os à boulette comme un javelot sur l'engin de torture... et... bravo ! En plein centre ! Vous être vraiment très doué pour lancer des objets sur d'autres objets. Dommage que cela ne serve à rien dans ce cachot.

- **Vous débloquez néanmoins le succès « Guillaume Tell » !**

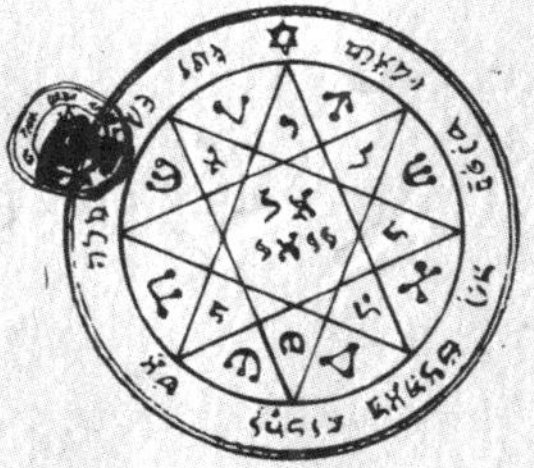

3562 / 3573 / 3574

Vous divaguez !

3578

Vous jetez l'os sur la croix. L'os rebondit et revient vers vous comme un boomerang ! Vous parvenez même à le rattraper au vol, bravo ! C'est en effet un jeu très amusant... Cependant, vous feriez mieux de trouver un moyen efficace de sortir de là !

- Devant tant de joie de vivre vous débloquez tout de même le **succès « Roi du boomerang en os »** !

3585

Ce brasero est bien trop loin !

3590

Ce pot vous sera plus utile si vous évitez de le fracasser contre cette croix de torture !

3593

Peut-être qu'en plaçant la tige en métal à l'emplacement de la tête... Mais c'est génial, la torture n'en sera que plus douloureuse et efficace. Non mais quelle drôle d'idée ! Vous êtes un monstre !

3595

Vous voulez embraser l'engin de torture ? C'est vrai qu'un monde débarrassé de ces terribles instruments de mort et de souffrance serait un monde meilleur. Mais vous risquez surtout de périr brûlé au fond de votre cachot…

3640 / 3670 / 3671 / 3673

Il y a sûrement mieux à faire…

3693

Vous insérez votre tige métallique dans le trou, et le couvercle du boîtier s'ouvre d'un seul coup ! Malheureusement, dans la manœuvre la tige se casse et ne vous sera plus d'aucune utilité.

- **Vous pouvez rayer de votre inventaire la tige métallique (93), ainsi que le trou (36).**
- **Vous pouvez aller en 79.**

3695

Vous voulez mettre le feu au boîtier qui contrôle l'ouverture de cette porte ? Ce n'est pas une très bonne idée…

3740 / 3770 / 3773/ 3795

Ce trou en forme de losange semble plus destiné à recevoir une poignée de porte adaptée !

4000

Vous vous souvenez de la potion fumigène qui figure dans *Le Livre des recettes* ! En toute hâte, vous versez les ingrédients dans le petit pot vernis que vous venez de récupérer dans le coffre. Aussitôt une épaisse fumée blanche s'en échappe, noyant les jurons de Maldius :

« Foutriquets ! Quelle est cette magie démoniaque ? Restez où vous êtes maudits ! Vous n'échapperez pas à la sainte Inquisition aussi facilement ! »

Flamel vous attrape alors par le bras et ouvre la mystérieuse fiole verte :

« Tenez, respirez avec moi les effluves de l'or du temps ! Tenez bien ma main et ainsi nous voyagerons ensemble. »

Un tourbillon irisé vous enveloppe alors, tournoyant autour de vous à une allure vertigineuse, laissant Maldius, votre pire cauchemar, se perdre dans les oubliettes du temps. Comme lors de votre premier voyage, une irrésistible léthargie s'empare de vous, et vous plonge dans un profond sommeil.

Lorsque vous rouvrez les yeux, vous êtes allongé devant la tour Saint-Jacques, apparemment revenu dans votre temps : les phares et les klaxons des voitures alentour vous le confirment. Nicolas Flamel s'approche de vous, et vous tend son Grand Livre :

« Mon ami, sans vous mon œuvre se serait perdue, détruite par des gens incultes, incapables de percer les secrets de ce monde, et avides de tuer ceux qui en sont capables ! Cette prison où ce *daemon* de Maldius nous a enfermés était un de mes anciens laboratoires d'alchimie que lui et ses sbires avaient perquisitionné et transformé en un lieu de souffrances. Seuls ceux dignes du Grand Œuvre pouvaient percer ses secrets et s'en évader ! Grâce à vous nous avons vaincu le *daemon*... pour un temps seulement bien sûr car le *daemon* revient toujours, à chaque fois sous une forme différente. Mais pour l'heure, c'est avec joie et respect que je vous transmets le livre qui a fait de moi ce que je suis. »

Les yeux embués par l'émotion vous acceptez de prendre le Grand Livre de Flamel.

« Ah ! Mon ami, vos yeux perlés en disent long sur le chemin que vous avez parcouru avec moi en si peu de temps ! Maintenant, il vous reste une vie à peine pour devenir pleinement qui vous êtes ! Car là est le véritable secret de l'alchimie : devenir ce que l'on est. Adieu, le pouvoir de l'or du temps s'estompe et je dois déjà vous quitter. »

Un éclair noir enveloppe soudain Nicolas Flamel, le faisant disparaître en un instant. Quel dommage ! Vous aviez tant à lui demander !

Comme tout ceci ressemblait à un rêve... Mais le Grand Livre est pourtant bien là, dans vos mains, pour vous affirmer le contraire. Et qui sait, peut-être parviendrez-vous un jour, à votre tour, à découvrir le secret de l'or du temps. Vous ouvrez délicatement le livre de Flamel... votre nouvelle vie d'alchimiste vient de commencer.

Bravo ! Vous avez réussi à vous évader de la terrible prison de Maldius, à libérer Nicolas Flamel de son *daemon*, et à regagner votre temps avec son précieux livre ! Vous pouvez maintenant arrêter le chrono et vous rendre à la page des SCORES à la fin de ce livre.

4035 / 4041 / 4050 / 4051 / 4059 / 4062 / 4071 / 4074 / 4078 / 4085 / 4090 / 4093 / 4095

Non. Cette fiole ne peut pas être utilisée ainsi.

4150 / 4151 / 4159 / 4162 / 4174 / 4178 / 4185 / 4190 / 4193 / 4195

Non. Le coffre n'a pas à interagir avec d'autres objets.

Il vous suffit de l'ouvrir en résolvant l'énigme !

5159 / 5162 / 5173 / 5174 / 5178 / 5185

Ce n'est pas ainsi que vous ouvrirez cette grille !

5190

Vous espérez peut-être que quelqu'un de charitable va voir votre pot vide et vous donner à manger ? Vous êtes un grand naïf !

5193

Vous essayez de crocheter la serrure avec votre bout de fer, mais cela ne fonctionne pas. La serrure est trop complexe pour pouvoir être crochetée ainsi. Il va falloir trouver une autre solution.

5195

Vous essayez d'enflammer la grille, mais le fer, même rouillé, ne brûle pas ainsi ! Il faudrait une puissante potion alchimique pour espérer agir sur cette grille.

5940

Oubliez ça tout de suite !

5973

Pour rendre votre beau livre tout gluant ?
Renoncez tout de suite à cette idée !

5974

Cela ne semble pas une très bonne idée de venir frotter votre os plein de résine sur cette inscription.

5984

C'est de l'acharnement !

5985

Vous attrapez fermement votre os et vous essayez d'atteindre le brasero. Magnifique ! Le bout auquel est fixée la boulette de paille et de résine arrive à atteindre les flammes ! Aussitôt le bout de l'os prend feu. Vous avez maintenant en votre possession une splendide **torche enflammée** (95).

- **Vous pouvez rayer le brasero (85) ainsi que l'os à boulette résineuse (59).**

5990

Vous frappez le pot avec votre os collant… et… non, cela ne sert à rien !

5993

Sans intérêt.

6273

Pour que votre beau Le *Livre des recettes* soit tout collant ? Vous avez vraiment des idées de génie !

6274

Mon dieu !

6278

Vous obtenez un os collant… c'est pas mal, mais il faudrait y ajouter quelque chose pour que ce soit utile. Cette résine vous colle à la peau, en insistant vous allez trouver quoi en faire.

6285

Vous prenez un peu de résine, vous formez une petite boulette que vous jetez dans le brasero. Wow ! Vous découvrez que la résine dans le feu ça brûle vraiment bien ! Il doit y avoir un moyen d'utiliser cette propriété. Il faudrait cependant mélanger la résine à autre chose… Mais quoi ?

6290

C'est malin, votre pot est tout collant maintenant !

- Vous avez débloqué le **succès « Roi de la pègue »** !

6293

Non, il doit y avoir mieux à faire.

6695 / 6696

Vous n'avez rien de plus utile à faire ? Par exemple, fabriquer une potion dans cet œuf philosophique ?

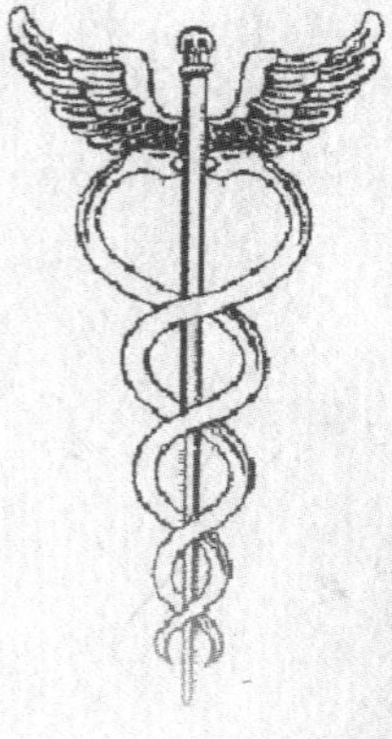

6974

Cette fenêtre vous donne juste assez de lumière pour lire l'inscription.

6978

Vous jetez avec force le fémur vers la fenêtre. L'os rebondit sur le barreau et revient comme un boomerang vers votre fémur qu'il heurte avec violence. Vous hurlez de douleur et maudissez le squelette d'avoir des os si solides !

• Bonne nouvelle : vous avez débloqué le **succès « Revanche karmique »** !

6984

N'y pensez même pas ! Ce pauvre homme mérite un peu de repos après une vie de souffrance.

7071 / 7073 / 7074 / 7078 / 7085 / 7090 / 7093 / 7095

Non. Les produits doivent suivre les recettes du Livre.

7173 / 7193 / 7195

Reprenez-vous !

7374 / 7378 / 7385 / 7390 / 7393

Non. *Le Livre des recettes* se suffit à lui-même !

7395

Dans un accès de folie vous enflammez votre précieux *Livre des recettes* au moyen de votre torche ! Le livre s'embrase et disparaît en fumée... Vous laissant seul avec votre désespoir. Vous n'avez plus aucune chance de quitter cet endroit ! **FIN de l'aventure.**

7478 / 7485 / 7490 / 7493 / 7495

Non. C'est juste une inscription ! Elle est sûrement là pour vous aider à résoudre une énigme...

7484

Il y a sûrement mieux à faire avec ce squelette !

7885

En tenant le fémur dans la main et en tendant le bras à travers les barreaux, vous parvenez à atteindre le brasero ! C'est une belle victoire. Cependant, à part avoir obtenu un bout d'os noirci, vous n'êtes pas plus avancé...

7890

Vous lancez le fémur en l'air, il fait trois pirouettes, retombe à la verticale et, incroyable... il tombe pile dans le pot ! Et sans le casser s'il vous plaît !

- **Vous avez débloqué le succès « Un homme qui a du pot » !**

7893

C'est en effet un bon moyen de renforcer l'os et de soigner cette vilaine fracture qui doit dater d'un bon siècle… mais non, ce pauvre homme a d'autres chats à fouetter maintenant !

8590

Mouais… non.

8593

Aucun intérêt.

9093

À quoi pensez-vous ?

9095

C'est en effet le meilleur moyen d'éteindre votre torche ! Mais ce n'est pas du tout le but souhaité !

9395

Non.

9760

Le nombre à 2 chiffres à trouver correspond à ces 2 lettres : CE. Il faut donc découvrir la logique qui relie ces 2 lettres aux 3 exemples. DE donne douze ; VQ donne vingt-cinq ; QF donne quatre-vingt-neuf. Ces lettres semblent correspondre à la transcription en toutes lettres du nombre à deux chiffres associé !

Scores

Calcul du score final

En fonction de votre **temps** et du nombre d'**indices** consultés, retrouvez votre score dans le tableau. Par ailleurs, chaque **succès** trouvé dans le jeu vous donne le droit d'enlever **1 minute** à votre temps final !

* LISTE DES SUCCÈS POSSIBLES *

- **60 minutes compressé en métro**
- **Apprenti alchimiste**
- **Homme de Cro-Magnon**
- **Roi du cache-cache**
- **Trouver une aiguille dans une botte de foin**
- **Ouvreur de portes invisibles**
- **Tireur d'élite**
- **MacGyver en herbe**
- **Guillaume Tell**
- **Roi du boomerang en os**
- **Revanche karmique**
- **Roi de la pègue**
- **Un homme qui a du pot**
- **Grandes oreilles**
- **Rat de bibliothèque**
- **Maniaque du rangement**

	MOINS DE 60 MIN	MOINS DE 80 MIN	MOINS DE 100 MIN	PLUS DE 100 MIN
SANS INDICES	★★★★★	★★★★⋆	★★★★	★★★⋆
1 INDICE	★★★★⋆	★★★★	★★★⋆	★★★
2 INDICES	★★★★	★★★⋆	★★★	★★⋆
3 INDICES ET +	★★★⋆	★★★	★★	★

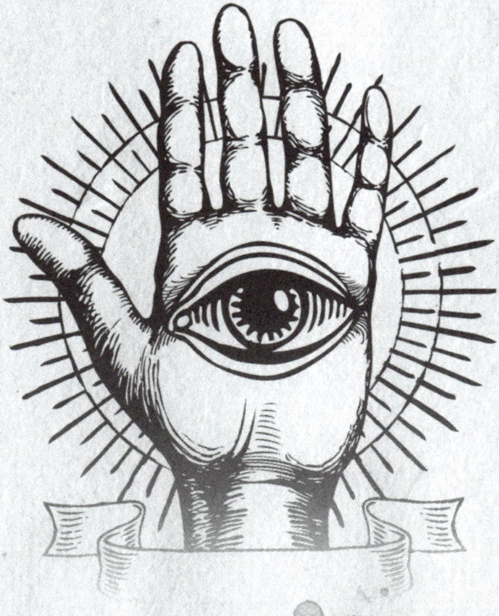

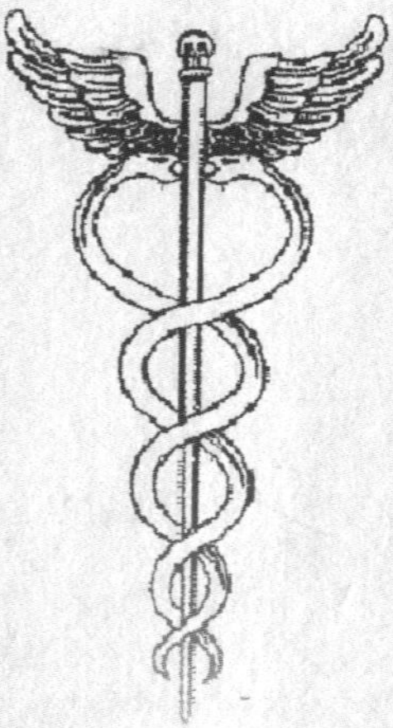

Solutions

Les solutions qui suivent sont les plus directes.
Elles ne prennent pas en compte la recherche des succès.

Si vous voulez obtenir plus de succès, il faut essayer des combinaisons originales entre les objets, ou encore chercher à utiliser tous les objets (en ajoutant 1 à leur code).

Salle 1 (le cachot)

33 : La grille qui vous retient prisonnier est solide. Sans les clés vous ne pourrez pas vous échapper.

74 : Vous examinez l'inscription sur le mur. Un ancien prisonnier a gravé là les phases de la Lune. Dans quel but ? Pour l'instant vous ne pouvez pas en savoir plus.

125 : En remuant le tas de paille qui vous sert de lit, vous découvrez un **squelette** (84) !

12 : Cette fissure est petite. Il faudrait trouver un levier pour agrandir l'ouverture.

184 : En inspectant de plus près le squelette, vous vous dites qu'un **fémur** (78) robuste pourrait très bien servir de levier !

1278 : Avec le fémur, vous parvenez à dégager un ancien tunnel qui relie votre cellule à une autre pièce... Vous vous y engouffrez !

724 : Dans le tunnel vous découvrez un **coffre fermé** (41), et au bout du tunnel vous accédez à la salle 2 (la salle de torture).

41 : Les lettres indiquées sur les triangles vous rappellent les phases de la Lune en version abrégée ! Vous vous souvenez des inscriptions sur le mur et en vous y référant (72) vous parvenez à remplacer ces indications par leur version

numérique. Ainsi **LCD** (Lune Gibbeuse en Dernier) devient **6**, **LGP** (Lune Gibbeuse en Premier) devient **4**, **PC** (Premier Croissant) devient **2**, **PL** (Pleine Lune) devient **5**, et **DQ** (Dernier Quartier) devient **7**.

Il suffit alors de découvrir comment on peut obtenir **26** à partir de **6**, **4** et **2**. En multipliant 6 par 4 et en ajoutant 2 on trouve 26 ! Si on applique ce même raisonnement sur le second triangle, on en déduit que le nombre recherché est 5 × 7 + 2 = 37. Il suffit pour s'en assurer de se rendre au paragraphe 2637.

2637 : Vous entrez le nombre 37 et... le coffre s'ouvre aussitôt ! Vous trouvez **Le Livre des Recettes** (73), l'**Esprit de Sel** (70), et la **mèche** (30).

73 : Ce recueil contient plusieurs préparations alchimiques mais vous n'avez pas assez d'ingrédients.

- **Vous pouvez maintenant poursuivre dans la salle 2.**

Salle 2 (la salle de torture)

51 : En inspectant la grille, vous remarquez qu'elle est fortement attaquée par la rouille.

85 : De l'autre côté de la grille un brasero éclaire le couloir.

35 : La croix de bois est un terrible engin de torture... et de la **résine** (62) coule du bois.

116 : En fouillant le tas de paille vous découvrez une **tige métallique** (93) et une fiole marquée **« Alun »** (40).

90 : Le pot de terre comporte le message... « *Si partout tu vas sans jamais deux fois y passer, alors un seul chemin te conduira au SAFRANIS.* » En partant du repère en haut à gauche, vous devez noter les chiffres se trouvant sur le chemin qui les parcourt tous une seule fois : **+6 -5 -1 -5 -1 +3 +8 +10 -3**

Le second dessin comporte le même repère que le premier. En partant de ce repère, en se servant des sens indiqués, et en appliquant la séquence notée précédemment, vous obtenez : **KL AB (zone vide) QR OP UV IJ KL KL EF**

Cette suite de lettres est censée vous dire ce qu'est le SAFRANIS. Chaque zone indiquant 2 lettres, il faut en éliminer une à chaque fois. En procédant par élimination vous découvrez le mot caché : **LA ROUILLE**.

73 : Parmi les préparations, la plus utile pour l'heure est **La lave dévoreuse de métal**. Elle pourrait servir à faire fondre la serrure de votre cellule ! Maintenant que vous savez ce qu'est le **Safranis**, il ne vous manque plus qu'une seule chose pour préparer la potion : **du feu**. Vous vous souvenez du brasero qui brûle dans le couloir ainsi que du fémur que vous avez conservé. Peut-être que le fémur pourrait servir à rapprocher le brasero ?

7885 : Malheureusement cela ne fonctionne pas. Il faudrait pouvoir utiliser ce fémur autrement, peut-être comme une torche… mais comment faire ? La paille seule brûle trop vite, et surtout ne tiendra pas sur le fémur. Et si vous utilisiez la paille avec de la résine pour fabriquer votre torche ?

1662 : Vous prenez une pleine poignée de paille sèche et vous allez la frotter contre le bois résineux. Vous obtenez une **boulette de résine** (19).

1978 : Vous appliquez la boulette résineuse sur le fémur ; vous obtenez un magnifique **os à boulette résineuse** (59).

5985 : Votre os résineux atteint le brasero et s'enflamme. Vous avez maintenant en votre possession **une torche enflammée** (95).

Vous avez maintenant tous les ingrédients pour préparer **La lave dévoreuse de métal**. En vous référant au Livre, vous découvrez qu'il faut additionner les codes des ingrédients pour préparer une potion. Pour le Safranis il faut prendre le code de l'objet rouillé, c'est-à-dire la grille elle-même. (40) Alun + (51) Safranis/Grille + (30) Mèche + (95) flamme = (216) lave dévoreuse de métal.

216 : Les ingrédients seuls produisent une réaction trop faible. Il faudrait utiliser un récipient pour faire un mélange plus puissant. Vous ajoutez le code du **pot en terre** à la potion : 216 + 90 = 306

306 : Cette fois, la réaction est rapide et violente ! Les restes de la serrure tombent mollement au sol dans un magma rougeoyant : vous êtes libre !

- **Vous pouvez maintenant poursuivre dans la salle 3.**

Salle 3 (le couloir aux deux portes)

Vous choisissez une porte au hasard ; l'ouverture des portes étant croisée, votre choix initial importe peu.

71 : Vous vous aidez du message et du dessin pour trouver le code du verrou de la porte Ouroboros. La perspective déforme votre vision de la taille des triangles, mais en vous aidant de votre stylo comme repère vous arrivez à les remettre dans l'ordre croissant : celui du fond est le plus petit, celui au premier plan est le plus grand.

Les figures en rouge et blanc forment des chiffres projetés sur deux faces d'un cube. Une fois ce constat fait, il devient simple de lire 587.

587 : Le code est bon mais vous réalisez que la porte ne comporte pas de poignée. Vous vous rendez à la porte à la rose.

34 : En observant la porte à la rose, vous remarquez une **manivelle** (14) qui semble actionner un mécanisme et un **petit trou** (36) sur le côté droit de la boîte.

3693 : Pour tenter de forcer le mécanisme, vous insérez votre **tige métallique** (93) dans le **petit trou** (36). Le couvercle du boîtier s'ouvre d'un seul coup !

79 : La butée triangulaire montée sur un pivot vous indique que la manivelle ne peut tourner que dans un sens : **celui des aiguilles d'une montre**. Les 3 flèches vertes pointent sur le code valide de la dernière ouverture de la porte (615). Pour connaître le prochain code il suffit donc de suivre les engrenages et de noter où vont pointer les flèches vertes au cran suivant !

En partant du principe que les courroies droites conservent le sens de rotation et que les courroies croisées l'inversent, il est facile de suivre les 3 chemins qui mènent aux derniers engrenages, ceux auxquels sont fixées les flèches vertes. La première flèche tourne dans le sens horaire, la deuxième antihoraire, la troisième horaire. Vous trouvez donc : 786

786 : Vous avez le bon code (7-8-6) mais la **poignée de porte** (22) en forme de rose rouge vous reste entre les mains. La porte à la rose demeure close. Si vous allez écouter la conversation de l'autre côté de la porte (450), vous gagnerez un succès (gain de temps de 1 minute) et des informations importantes sur l'intrigue.

2237 : La poignée en forme de rose (22) s'insère parfaitement dans le trou de la porte (37) ! On apprend ici qu'il faut ajouter 1000 au code trouvé précédemment, soit 1000 + 587 = 1587.

1587 : La porte Ouroboros s'entrouvre doucement...

- **Vous pouvez maintenant poursuivre dans la salle 4.**

Salle 4 (le laboratoire d'alchimie)

96 : La phrase précédent le message déchiré indique que c'est en **mois** et non en année qu'est la solution ! Ainsi 55,5 années x 12 = 666. En se rendant à ce paragraphe on trouve le second morceau de papier.

> *« Le Phosphore de Calcium et la Poix sont dans des fioles de même forme.*
> *L'Huile de Naphte se trouve entre la Poix et l'Eau Ardente.*
> *La Poix est entre l'Aqua Fortis et l'Huile de Naphte.*
> *L'Eau Ardente est au bord. »*

Par commodité nous noterons : **PC**, le Phosphore de Calcium ; **P**, la Poix ; **HN**, l'Huile de Naphte ; **EA**, l'Eau Ardente ; **AF**, l'Aqua Fortis. Les cas impossibles sont mis en rouge, les cas résolus en bleu.

86	21	67	65	44
PC	PC	PC	PC	PC
P	P	P	P	P
	HN		HN	
	AF		AF	
EA				EA

Ce tableau est fait en première lecture des indications. Dans un second temps, on peut tirer d'autres conclusions :

La Poix étant dans une fiole triangulaire, on peut restreindre les cas possibles pour le Phosphore de Calcium. Ce qui implique un seul choix possible pour la dernière fiole en gris : l'Eau Ardente. La première fiole ne pouvant être l'Eau Ardente, il ne peut s'agir que du Phosphore de Calcium. On sait que l'Huile de Naphte se trouve entre la Poix et l'Eau Ardente, donc une fois la position de l'Eau Ardente connue, il est facile de trouver la bonne fiole. Et finalement la dernière fiole (en vert) ne peut être que l'Aqua Fortis.

86	21	67	65	44
PC	PC	PC	PC	PC
		P		
	HN		HN	
	AF		AF	
EA				EA

Le résultat final est donc : 86 = PC, le Phosphore de Calcium ; 21 = AF, l'Aqua Fortis ; 67 = P, la Poix ; 65 = HN, l'Huile de Naphte ; 44 = EA, l'Eau Ardente.

Bien sûr aller aux paragraphes de ces ingrédients ne fonctionnera pas ! Ils ne peuvent fonctionner qu'au sein d'une recette alchimique (ceci est précisé dans *Le Livre des recettes* en 73).

73 : *Le Livre des recettes* et ces nouveaux ingrédients vous permettent de réaliser plusieurs recettes : (A : 40 + 70 + 66 = 176) le brouillard impénétrable ; (B : 21 + 44 + 66 = 131) ravage terrible ; et (C : 21 + 70 + 66 = 157) l'eau régale de dissolution. A vous fera perdre du temps. B vous tuera. C utilisé seul ne sert à rien.

27 : Lire *Le Livre des potions* vous donnera un succès et une indication utile sur l'eau régale. Les *Règles de l'alchimie* n'apportent rien en dehors d'informations sur l'alchimie au sens large. Le *Livre des transformations* donne un indice sur la transformation de la rose rouge en rose blanche. De ces lectures vous déduisez qu'il y a sûrement quelque chose à faire avec votre poignée de porte à la rose rouge !

73 : Vous rouvrez votre *Livre des recettes*, et tentez de suivre les indications de vos lectures, à savoir utiliser l'eau régale avec la rose rouge. Pour plus d'efficacité, il convient d'utiliser l'œuf philosophique (66) : 66 (œuf) + 21 (Aqua Fortis) + 70 (Esprit de Sel) + 22 (poignée en forme de rose rouge) = 179

179 : Vous préparez l'eau régale en y plongeant la poignée en forme de rose rouge. L'or de la poignée se dissout, et la structure en fer en forme de losange devient hexagonale. Par une curieuse réaction secondaire, la rose rouge est devenue blanche. Dans le même temps, des cristaux rouges (du sang de dragon !) se sont formés au fond de l'œuf.

760 : La nouvelle poignée fonctionne dans la porte à la rose. S'ensuit la libération de Nicolas Flamel. Il vous reste à ouvrir le coffre contenant le livre de l'alchimiste. Un bout de papier égaré par Maldius vous donne de précieux indices : 3 anciens codes complétés ! Vous devez donc trouver un nombre à 2 chiffres à partir de 2 lettres : ***~~DE 12~~ / ~~VQ 25~~ / ~~QF 89~~ / CS***

En examinant de plus près ces indications, vous comprenez que ce nombre correspond directement à sa transcription en toutes lettres. Ainsi 12 a pour lettres associées DE car D est la première lettre de DouzE, et E la dernière lettre. 25 a pour lettres associées VQ (Vingt-cinQ). 89 a pour lettres associées QF (Quatre-vingt-neuF).

Pour CS, seul un nombre commençant par Cinquante peut correspondre, et pour le S, seul troiS se termine par S ! La solution est donc 53.

53 : Les trois premières possibilités (1000, 2000, 3000) vous conduiront vers la mort ou la prison. Seule la dernière

option 4000 est un bon choix. En effet, elle vous permettra d'utiliser une potion rapide à préparer et parfaite pour semer la confusion : **le brouillard impénétrable**.

4000 : Vous revenez à l'époque actuelle, libre. Stoppez le chrono, et allez vérifier votre score.

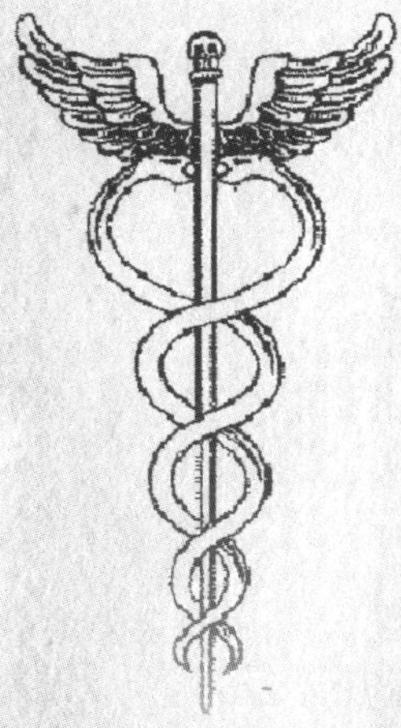

❈ CRÉDITS DES ILLUSTRATIONS ❈

p. 8 : Ph. O.Ploton © Archives Larousse ; p. 10 : Ph. O.Ploton © Archives Larousse ; p. 14 : © Melkor3D/Shutterstock.com ; p. 20 : © Melkor3D/Shutterstock.com ; p. 26 : © Ursatii/Shutterstock.com ; p. 26 m : Ph. Olivier Ploton © Archives Larousse, Ph. Coll. Archives Larbor ; p. 38 : Ph. Coll. Archives Larousse ; p.39 : © mpaniti/Shutterstock.com ; p. 40 : © belander/Shutterstock.com ; p. 41 : © Warut Chinsai/Shutterstock.com, © Bourbon-88/Shutterstock.com ; p. 45 : © Alhovik/Shutterstock.com, © Alhovik/Shutterstock.com ; p. 47 : © Zvereva Yana/Shutterstock.com ; p. 51 : © Anatolir/Shutterstock.com ; p. 69 : © Ph. Coll. Archives Larousse ; p. 74 : © Ph. O.Ploton © Archives Larousse ; p. 84 : © Dean zangirolami/Shutterstock.com ; p. 101 : © BK foto/Shutterstock.com ; p. 102 : Ph. Coll. Archives Larousse.

Achevé d'imprimer chez STIGE en Italie

Dépôt légal avril 2020 – 324780/01

N° projet : 11042667 – avril 2020

PAPIER À BASE DE FIBRES CERTIFIÉES

LAROUSSE s'engage pour l'environnement en réduisant l'empreinte carbone de ses livres. Celle de cet exemplaire est de : 450 g éq. CO_2 Rendez-vous sur www.larousse-durable.fr